# 忘却的彼方

Kanata the oblivion

侦探于忘却之时来临

[日]新井辉/著
Arai Teru

[日]安田铃人/绘
Yasuda Suzuhito

千早/译

北方联合出版传媒(集团)股份有限公司
万卷出版公司

# 忘却的彼方

Kanata the oblivion

## 侦探于忘却之时来临


[日]新井辉/著
Arai Teru

illust
Yasuda Suzuhito
[日]安田铃人/绘

千早/译



北方联合出版传媒(集团)股份有限公司
万卷出版公司

# 第一章

## 侦探于忘却之时来临

那一天，难得请到补休假的我——岬翼，被正忙着筹备开店的熟人叫出家门，去干些体力活。

那位熟人开了一间还算精致的咖啡店。这份工作看上去比做女扮男装的公关要正常一些，但她似乎不会放弃女扮男装，实际上没什么改变。

“呼，这样算是告一段落了吧，剩下的只有最关键的茶具套装还没送到。不过那些玩意儿都算轻，我自己也能搬呢。”

我的熟人盾无真林小姐总算发出了可以休息的信号。

我们在清早碰面时，店内堆满了搬来的纸箱，等我回过神来，现在已经收拾得有模有样了。室内装潢雅致而不显阴郁，不得不让人佩服真林小姐确实品位不错。

“难得开了间咖啡店，也该请我喝杯咖啡吧？”

我随手拉了一张店内的椅子坐下。

“速溶咖啡倒是能马上给你泡一杯，行吗？”

可惜，称得上正宗咖啡店的那种咖啡似乎不能马上泡好。真林小姐轻轻笑着，大概是觉得速溶的也总比没有要好，开始烧起了热水。

“话虽如此，我发现连速溶咖啡也没有呢。真森，去便利店跑一趟吧。”

真林小姐开始准备，才发现许多东西都没买，于是向妹妹真森小姐搭话。

“先是拉我帮忙布置咖啡店，现在还要使唤我采购吗，姐姐……”

妹妹早已熟悉姐姐一贯的做法，但还是露出了难以置信的神情。

“妹妹啊，你要喊我哥哥。”

然而，真林小姐选择让妹妹更难以置信。

“知道了，知道了。”

“不如我去吧？”

在一旁静静听着的小绘麻，忽然站起来朝门口走去。

“是买速溶咖啡吗？我去吧。”

小绘麻这么说着，走了出去。她是风车侦探社社长的女儿，至于社长，就是平时给我派工作的人。今天也一样，明明得不到像样的谢礼，她也跑来帮忙，甚至主动跑腿，实在让人过意不去。

“都怪真森不乖乖去……”

“是我的错？”

盾无姐妹因此争论起来。真是不知该说她们关系好还是不好，姑且认为是关系好到能吵架吧。

“打扰了……”

我正想着，门口那边传来了人声。扭头一看，并不是小绘麻，那里站着一位像是高中生的少年。

“不好意思，店铺还在准备中。”

真林小姐似乎把他当成客人回应了，但他给人的感觉显然不同。

“不，我想问一些关于这附近的事。”

少年看上去刚跑了不少地方，肩膀也伴随急促的呼吸起伏着。他平复了一会儿才继续说道：

“您知道忘却社吗？”

“哦，你在找忘却社啊……”

少年所说的那个词，我倒是有点印象。不，不如说我很熟悉。

“原来您知道！”

少年听到回答，连忙插嘴道。

“那不是网络传说吗？经常有小朋友来找，所以算是听过。”

根据传闻所言，只有困扰缠身的人才能找到那间侦探社，它位于某栋十二层大楼的第十三层。

正如其名，它还能消除人的记忆，能在三天之内解决任何难题。它最大的特征，便是所有委托人都声称想不起来相关事情，不免让人疑惑那些传闻都是从哪里来的了，总之就是这么奇怪。

“果然只是传闻啊……”

少年显然很失望，小声地嘀咕着。

“你那么想的话，不正是那样吗？”

“说得也是。”

少年甚至连含糊的道别也没做，便无精打采地离开了。

“我买回来咖啡啦！”

小绘麻与少年擦肩而过，回到了店里。盾无妹妹接下了她买来的东西。

“不好意思，多少钱啊？”

“不用啦，一点儿小钱。”

“那怎么行？”

两人开始互相客气。因为她们都是一本正经的性子，每当这时都会不愿让步。不过说起来，盾无妹妹还真是对除我以外的人都很礼貌呢。

真林小姐斜眼看着两人，朝我搭起话来。

“为什么不告诉那个少年呢？”

“嗯？你在说忘却社的地址吗？”

“毕竟，你可是那间忘却社的社长嘛。”

没错，其实我就是忘却社的现任社长。没有告诉那个少年，并非因为我在使坏心眼。帮助能自力找到那里的人，正是我们忘却社的老规矩。

○

忘却社的社长基本不会待在事务所里。

据他本人说，大概能把握委托人找上门的时机。实际上至今为止，他也确实总会在委托人抵达的几分钟后出现。然而，今天的情况似乎稍有不同。

“平时，他总在委托人找来后漫不经心地出现。”

我——三仓咲夜一边端茶，一边等待那个时刻，但很遗憾，他并没有赶来。

“现在不是慢悠悠喝茶的时候！”

委托人显然很不耐烦，他是一位和我差不多岁数的少年。由于他认识的女孩被一群不良少年带走了，难怪他会这样。

这间忘却社没有任何令人感到安心的布局，加剧了他的焦躁。虽说是侦探社，但里面并排摆着四张自动调节椅，椅子前是镜子和洗脸台，显然更像理发店。面向走廊的玻璃窗上装饰着一排蓝、白、红色的灯，还赫然写着“火村理发店”，不管怎么看都是理发店。

少年怀着一缕希望，好不容易找到这里，社长却不在。况且居然是家理发店，他会怀疑这间侦探社靠不靠得住，实在再正常不过了。

“也是呢。”

虽然能理解少年的心情，但阿翼没有照常现身也不是我的错。因为他平时总按时出场，我便一直觉得没必要留联络方式。

“哎呀，有客人吗？”

尴尬之际，火村小姐走了出来。她是上一任社长，一言以蔽之就是一位遗憾美人。要说有什么遗憾……

“等等，火村小姐，您怎么这种打扮？”

火村小姐和她身旁的小弥理都只穿了内裤。看来是刚洗完澡的小弥理跑了出来，火村小姐便追逐而来。小弥理一脸抗拒，被火村小姐用浴巾擦拭着头发。

小弥理是个很不可思议的孩子，与我同岁却保持着孩童的模样。

“不太合适吧，这副样子？”

更成问题的是火村小姐。

“太不合适了。”

“没有男人会对我的寒酸身体起欲念啦。”

火村小姐完全不理会我的意见。她确实过于消瘦，但胸部一点儿也不含糊，完全不寒酸。

“总之请遮遮胸吧。”

“这样吗？”

火村小姐说着，将毛巾挂在脖子上垂在胸前。她这么做看上去像个大叔，但我忍住了吐槽。

“怎么办？阿翼还没来！”

“那真是头痛啊。”

“既然如此，火村小姐，您能代替他吗？”

我不了解火村小姐担任社长时期的事情，但我认为她毕竟做过社长，能力毋庸置疑。

“我……还是算了吧。”

“为什么啊？”

“如果阿翼主动提出让我帮忙，我倒是会帮，可我擅自行动往往会搞砸。”

“原来如此。”

“而且……”

火村小姐忽然顿了一拍，散发出要说什么重要事情的气息。

“所谓英雄，往往会迟来一步吧。”

“迟到太久就成困扰了。”

“他一定会在适当时候出现的。世界就是这样运转的哟。”

火村小姐似乎说出了帅气台词，我却觉得完全与现状不符。

“他不是还没出现吗？”

我本人也有过被坏男人掳走遭遇危险的经历。想起那件事，我就觉得这种时候不该和火村小姐闲聊下去。

“今天真森小姐也没来……”

盾无真森小姐是我的保镖，她偶尔会休息，不在我身边。今天恰巧是她谜之休假的日子。

“火村小姐，阿翼过来的话请转告他这件事。”

我将从委托人那里了解到的情况粗略做成笔记，交给火村小姐。

“知道了，秘书阁下。”

我心想继续等下去也没用，最终决定先离开事务所。

“似乎等不来了，我们走吧。”

“咦？啊，好吧。”

委托人投来犹疑的视线，但还是跟着我走了。

○

“啊，胡蝶小姐！来得正好！”

幸运的是，一走出大楼，我和委托人就碰见了胡蝶小姐。

她似乎精通中国拳法，还硬是让阿翼收她做徒弟，她有能力应对我感到棘手的暴力场面。我忽然发现，阿翼之所以没来，说不定是因为他不想见到胡蝶小姐。

“怎么了？”

不知为何，胡蝶小姐从不进入事务所，却经常守在事务所门口，一副等待阿翼的架势。今天也是如此。

“贸然拜托你真是不好意思。今天阿翼没有来，能请你帮帮忙吗？”

“要去打架吗？”

很难想象，这气势汹汹的话语出自一个和我同岁的女高中生之口。她如此敏锐倒是帮大忙了，但会期待这种事的女高中生果然还是很令人头痛。

“视情况而言，有那种可能。”

“那就帮帮你们。”

胡蝶小姐显然跃跃欲试。我知道她是个积极的好女孩，可她时常想展示力量的张扬性格总让人隐约感到不安。

“那么，现在怎么办呢？”

不知不觉间，我们三人已经来到了女孩被掳走的地方。

“总之，先尽可能收集一下目击情报吧。”

“事件已经过了一段时间，就算有人目睹也不可能依然待在现场。”

“没错。”

我设想正面出击，但果然行不通。

“现在不应该轻飘飘回答一句‘没错’，就放弃吧……”

从委托人的话里，我确确实实能听出信任再次流失了。

“虽然被嘱咐不要轻易使出这招……”

但毕竟是紧急时刻，我决定稍稍依赖一下超能力。这种不可思议的能力，在忘却社被称为“认知介入(Reel Jack)”。

“请试着想象，带走女孩的犯人就在那栋大楼里。”

我随意指了一栋附近的大楼，对委托人说道。

“这是在做什么？”

“你想救她吧？那就快点。”

“啊，好的。”

“要开始了。”

为了调整到能使出能力的精神状态，我闭上眼，集中意识。阿翼不需要这些准备就能立即发动能力，我却做不到。

“您在做什么？”

可惜委托人没能理解我的行动，再次疑虑地问道。

“安静一点儿！”

“是。”

我聆听自己的心跳，试图将它一点点放缓。通过自我暗示，我的集中度会在达到某个心律时显著提高。

当周围声音都消失，我便确认自己已经闯进只有心声存在的世界。我手中握着一把光刀，它被称作“介入端子(Jack Plug)”,据说是想象结界里的武器形态。

我睁开眼，将它朝委托人的方向抛出。瞬间，眼前的委托人与我之间流动起浅蓝光线。我随即失去了对上下方位的判断，只感觉被光之洪水淹没，向上坠去。

我跪在地上。

“呼……”

眼前仍是刚才的场景，但已是不同的世界。

这里是委托人的世界，阿翼称之为“固有世界(Self Reality)”，是每个对象人物的意识世界。我同样拥有进入其中的能力。

因为是意识世界，所以与现实世界有诸多不同。如果委托人按照我的指示进行想象，此刻犯人应该就在面前这栋大楼里，从而可以追寻他们真正的行踪。

“喂，咲夜，我应该交代过我不在时，你别单独进入‘固有世界’吧。”

“阿翼”也在这里，却并不是本人，而是从我的罪恶感之中诞生的影子。明明被阿翼劝告过，我还擅自行动，所以他在这个世界出现了。

“都怪阿翼没来。”

这样抱怨也没用，毕竟他不是真正的阿翼。但或许因为我说服了自己，这个“阿翼”轻轻一晃就消失了。

我再次环顾四周，察觉到一丝异样，这里还有一个女孩。

“原来如此，这样确实把握更大呢。”

对委托人来说，比起想象犯人，想象一心要拯救的女孩要简单得多。看来这是委托人想立即找到她这一期待的具象化。

“那么，就从这个女孩着手吧。”

此刻，我是“固有世界”中的人，所以能进入其他人的“固有世界”。虽然阿翼嘱咐过很危险，别这样做，但实际上我从未见他做过。其中似乎有各种各样的原因，可现在已经顾不得那么多了。

“只要这女孩还没被杀就行吧。”

我开始准备再次使用能力，闭上眼集中意识，调整心律，进入只有心声的世界。然后我张开眼，抛出想象铸成的刀，光线连接起她，我飞向她的世界。

“这里是？”

似乎是某栋大楼的一个房间，却什么都没有。它或许曾是办公室，但因为一直没再租出去而被闲置。

在这里有一群不良少年，以及一个女孩。她被绳子绑在椅子上，可即便不被绑住也无法采取任何行动。我很担心她，却依然选择了跑向窗边，看见了外面的一家电影院。

“电影院在那边的话……”

我在脑海里描绘着地图，来推测这栋大楼的位置。正在耗费注意力思考之时，我听见了少年们的声音。

“我说，我们到底要等到什么时候？”

“等下场先生过来。或者该说等下场先生玩腻？”

“那我可以离开一下吗？”

“当然不行。你难道不清楚下场先生对这种事有多严格吗。”

少年们似乎开始焦躁了。

看来这群家伙还有一位被称作下场先生的上级，这位女孩正是被掳来交给他的。

“不过是变换了些顺序，无所谓吧？”

那群少年里看上去最得意的家伙这样说道，让我的心跳骤然加快。

必须快点回去，否则会出大问题，我如此告诉自己。

“呼……啊……”

一共使用了四回“认知介入”，体力消耗果然不容小觑。说实话，我连站起来的力气都没有了。但我还是迅速掏出智能手机打开了地图软件，和刚才的记忆对照，锁定了关键的大楼。

“她就在这里。”

“你是怎么知道的？”

委托人会这样问，再正常不过了，我却无法准确解释。

“算是企业机密吧……”

这种口吻可真像阿翼——我想到了这件无谓的琐事。

“能站起来吗？”

胡蝶小姐关切地问道，但我依然瘫在地上。

“看来必须得休息一会儿。”

“给我指示吧。”

我不过沉默了一下，胡蝶小姐竟然给我来了个公主抱，开始跑起来。

“是往这边吗？”

“没……没错。可用这种姿势，我真的很害羞啊。”

“现在不该在意这种事吧？”

“啊，好的。”

毫无疑问，此刻尽快赶去现场是最重要的。我深知这一点，但公主抱果然还是太让人害臊了……

“在几楼？”

来到我推测的这栋大楼后，我却没了头绪，不知如何行动。

“我感觉在很高的楼层。”

“那就全面调查吧。”

胡蝶小姐没有片刻迟疑，冲了进去，飞快地上楼。即使是抱着我，她的速度也快到委托人完全无法跟上。

“我记得那里没有入住租户。”

“就是找没标公司名的房间。”

因为知道不是低楼层，排除了二、三楼后，胡蝶小姐从四楼开始搜寻了起来。

“这层楼是不是太暗了？”

被她一说，我才注意到，这里就连走廊的灯都没有开。如果不是遵循了十分严格的节电方针，这层楼应该没被使用。

“是这里吗？”

门口没有任何公司名的标识，但与走廊不同，里面似乎很明亮，光从门缝里漏了出来。

“有可能。”

看上去实在可疑极了，但也没有检查内部的方法。

“不抱希望地闯进去吧。”

委托人提出十分痛快的建议。就算里面是一间普通经营着的公司，也不过道一下歉而已，然而这样的心理准备是多余的。

“啊！”

因为我们听见里面传来了女孩的悲鸣。

“找对了呢。”

胡蝶小姐轻轻放下我，推开门冲了进去。

“哪……哪里来的家伙？”

她的登场引起了惊恐，随即传来一声闷响。

“呜！”

胡蝶小姐以行云流水的动作肘击一位不良少年的上腹部。少年一下被击飞，其余少年也接连被她击倒。

“那个人，在这种时候真靠得住啊。”

“她真厉害啊……”

委托人看呆了，惊讶于胡蝶小姐高超熟练的动作。我曾听她说过，中国拳法即是画圆的动作如此这般，她现在似乎正是在实战演练那些话。

“那群少年就交给她，我们快去救女孩吧。”

“啊，好的。”

委托人像是终于回想起此行目的一般，朝被打倒的少年们跟前的那位女孩跑去。

“已经没事了……”

他话音刚落，便意识到这并不是没事的状况。

被掳的女孩两手紧绑着，胸前的衣服早已被撕破，内衣也被扔在地上，其余的情况则无法凭目测判断。她似乎不知道是我们来了，非常恐慌。

“我是不是不应该来……”

委托人这样说道。不难理解，女孩已经这副模样，她确实会不希望被相识的男孩看见吧。

“总之先回去吧。”

不知不觉间，胡蝶小姐已经解决了所有不良少年。她注意到女孩的状况，便脱下自己的连帽衫递了过来。

"谢谢。"

我说着感谢的话，却不由得嫉妒起了她的聪敏。我漫无计划的行动浪费了那么多时间，让这个女孩遭受如此过分的对待。对比之下，胡蝶小姐则没有丝毫拖泥带水。

我接下连帽衫为女孩穿上，胡蝶小姐轻抚她的头，温柔地告诉她"已经没事了"，随即响起她的哭声。这在某种意义上代表着她已经放下心来了。

"喂，这是怎么了？"

然而这件事还远未结束。

一个巨汉赫然站在门口，我立刻意识到他就是那群少年所说的下场先生。

"糟了。"

我看见胡蝶小姐瞬间眉头紧皱。我完全没想到，轻易打垮一群不良少年的她，会因为仅仅一个人的登场露出这样的表情。

"那个人很强吗？"

"相当强。"

在我眼里，那个人仅仅是肥胖到巨大而已，看来胡蝶小姐有自己的判断方式。

"有多强？"

"如果有三个我，或许可以打打看。"

“那确实相当强呢。”

说实话，不管怎么看，我都觉得难以置信。

“那孩子就交给你了，可以吗？”

从胡蝶小姐的话里，不难听出我们已经没有打倒那个男人后优哉游哉离开的可能性。

“你就是放倒这些家伙的小姐吗？”

下场明明刚来，却这样问胡蝶小姐，明明用了疑问的口气，听起来却充满了确信。他紧盯着胡蝶小姐，一步步逼近，眼里似乎完全没有我和委托人。

“我独自打倒了所有人。”

胡蝶小姐毫不迟疑地回答，不经意地横向移动起来，下场的步伐便跟着变换了方向。看来她是想为我们创造逃走的机会。

然而，一旦我们有了动静，下场不可能视而不见，带着仍处于惊吓之中的女孩逃走显然不现实。即使如此，我还是想帮上忙，在蓄势待发的两人旁边观察着他们的动作。

突然间，胡蝶小姐猛地冲入下场的怀中，凭那股冲劲用掌底狠击他的上腹部。

“刘家绝招，猛虎硬爬山！”

她使出了某个必杀技。冲击波从被她击中的部位向外爆发，宣告着这一击的力量。但是……

“真是不错的判断啊。趁着我还小看你时使出最强的一击打倒我，可以说是此刻绝佳的选择了。”

下场不仅没被打倒，甚至还轻笑着。

“只怪对手太强，即使是做出最佳选择的你也无可奈何。”

攻击完全没有用。上腹部作为人类的要害，受到如此重击，按理说再怎样强壮的人都不可能毫发无伤。也就是说，下场看起来被击中了，实际上将冲击分散到了其他地方吗？

果然，下场不仅仅是一个肥胖男人。当胡蝶小姐理解到这一点后，他的手刀已经横劈了过来。

“咳！”

仅凭一击，他就把胡蝶小姐直接扫到了墙上。

“不知中国拳法里是怎么教导不可松懈的。若对手未受重创，使出攻击后应该立刻远离才对啊。”

重重撞在墙上的胡蝶小姐随即跌落在地，对于他的话没有丝毫反应，说不定已经被一招击垮了。

“希望她只是假装被打败，以等待时机反击……”

阿翼倒是有可能顺势考虑这样暗算，可胡蝶小姐会这样做吗？她性格耿直，如果能站起来，那早该起身了。

“看来被我一招击垮了啊。”

下场似乎得出了相同的结论，于是看向我这边。

“看见被掳来的女孩的照片时，我就觉得她很一般，不算我中意的类型。”

“什么？”

“没想到居然一下增加成三位小姐，我倒是很喜欢后来的两位啊。”

我才发觉自己和胡蝶小姐也被他算进猎物里了。此刻，情况最危急的或许是我。

“那真是谢谢你赏识了。”

我像阿翼常常说的那样讽刺道，但当然不会有任何作用。

就在此时，我的手机忽然响起来电铃声，是非常不合时宜的欢快日本流行音乐。

“不好意思……我可以接吗？”

我抱着渺茫希望，可答案再清楚不过了。

“你觉得可能吗？”

我得到了完全符合想象的残忍回答。

最终因为无人接听，铃声停止了，但似乎有人忽然轻轻哼唱起相同的旋律。

“真是适合起床时听的清爽曲子呢。”

原来是胡蝶小姐在哼歌。这首来电铃声似乎成了闹钟，让她爬了起来。

“你继续躺着或许更好啊。”

下场转身看向她，而且提起了一些戒备。看来是他觉得如果被攻击背后，可能会吃不消。

“咲夜小姐，快逃。”

“可是……”

“我们要救委托人。”

“话虽如此……”

但我们也没有把握能逃走。就算顺利逃走了，在那之后胡蝶小姐将会遭遇什么，我光是想象一下都没办法照她说的做。

因此，我只能选择让委托人和那个女孩逃走。我留在这里也帮不上忙，却没办法对胡蝶小姐弃之不顾。

“你能带着这女孩逃走吗？”

委托人没有回答我，只是悔恨地看着我。

“那边的少年，我对你倒是没什么兴趣，可以放你走。”

下场的声音回响在耳边。

“逃离这里去找人求救也不错吧。”

我却从下场的话里听出了他能在救援赶来之前击倒胡蝶小姐，再把我们三人带去其他地方的自信。

“说……说实话，听见你说可以放我走，我恨……恨不得立刻跑掉。”

委托人颤抖着回答道，缓缓站立起来的身体也跟着战栗。

“说实话，我非常害怕，非常想逃走。”

即便如此，他还是坚定地看向下场。

“那你跑不就行了？”

对此，下场仅仅是轻蔑地嘲笑了一句。

“但是，如果要逃走，那我根本不会来这里！”

不知何时，委托人已经被激怒了。声音和身体的颤抖似乎不是源于恐惧，而是出自愤怒。

“假如说我有错，就是没在当初救下她！都怪我想着求助其他人，才会让事情变成这样！”

“哦，那你能怎样？”

即使感受到委托人的愤怒，下场仍然面不改色。

“呜啊啊啊啊啊！”

委托人怒吼着冲了过去。

“哈！”

可惜，他们之间有着悬殊的力量差距，绝不是凭愤怒就可以填补的。

下场轻易避开了，手背朝冲过头的委托人后脑勺一劈，便将他击倒在地。

“这样一来，就没法让这家伙带着那边的女孩逃走了。”

我终于明白了，激怒委托人不过是下场的战术之一。他故意挑衅，引对方上钩再将其击垮，仅仅是这么简单的计划。

“你刚才说不太中意这女孩？”

事已至此，我能做的事情只剩一件。

“啊？”

“既然不喜欢她，那放走她也没问题吧？”

至少能救她也好，我是这样想的。

“说得也是啊，如果小姐你愿意做出两人份的努力，我倒是不需要她。”

“那，放走她也……”

“那可不行啊。即便我放她走，小姐你也未必会为我努力。”

下场猥琐地笑着。

“如果一会儿小姐你好好努力，我就把这家伙原原本本还给你。这样总可以吧？”

“是……是吗？”

下场并不保证会遵守约定，事态也完全没好转，可我知道这已是他会做出的最大让步了。

“不过嘛，首先还是从这边的小姐开始吧！”

趁着我和下场对话的空隙，胡蝶小姐又袭了过来。然而下场仍然毫发无伤地承受住攻击，再反手将她劈上墙。胡蝶小姐再度重重撞在墙上，跌落在地。

“又不是不清楚实力差多少，真是拼命啊。”

下场一脚踢飞倒地的胡蝶小姐。胡蝶小姐又一次撞在墙上并跌落。

“看来这次完全失去了意识呢。”

下场一副索然无味的神情。

“攻……攻击一个失去意识的女孩，很好玩吗？”

我实在无法袖手旁观。

“哎呀，不算好玩吧。但如果她在我关注你的时候恢复意识就太麻烦了，先彻底断了她的反击念头吧。”

说着，下场又抓住胡蝶小姐的背心，将她整个拎起来扇耳光，似乎打算把她打醒后继续攻击。

“唉，算了。”

由于胡蝶小姐丝毫没有苏醒的迹象，下场改变主意了。

“这么一想，哪怕被偷袭可能也挺有趣的。”

我已不能分辨这对我和胡蝶小姐是好是坏，唯一清楚的是我已经束手无策了。

下场轻易撕开了胡蝶小姐的背心。

“真是一点儿也不性感的内衣啊，喂。”

映入眼帘的是俗称为运动胸罩的东西，的确称不上性感，使用了注重功能的设计。

“反正会脱掉，倒也无所谓。”

下场将手伸向胡蝶小姐的内衣。我不忍直视，不顾一切冲了过去，凭这股气势对准他的腰窝全力踢出一脚。

“就这么想让我先对你下手吗，小姐？”

这个男人连胡蝶小姐的必杀技都轻易化解，我的招数根本起不了任何作用，仅仅是激怒他而已。即便如此，也远远好过漠视对我伸出援手的胡蝶小姐被侵犯。

“我当然丝毫不想被你攻击，但要我对恩人坐视不理，那还不如交出自己的身体。”

“这样吗？那你自己把衣服脱了吧。”

“咦？”

真是意料之外的发展，我还以为他会被怒气冲昏头，开始攻击我。这个男人的头脑与外表不符，相当灵活。

“脱……脱掉就好了吗？”

“当然，那还远远不算结束。”

他肯定了我最抗拒的猜测。

“仔细一看你穿的衣服，材质可真不错啊。小姐，你难道真是一位大小姐吗？”

“那……那又怎么样？”

“真让我兴奋。”

我听完这话，明白了再说下去也不过是让自己的处境更难堪，只能沉默地脱衣服。我由上往下逐颗解开衬衫的纽扣。当解开所有纽扣，终于要真正脱下时，下场又说出了奇怪的话：

“先脱裙子。”

“为什么？”

“那样更刺激。”

我后悔向他发问。

“知道了。”

反正迟早要脱掉，我这样想着，把手伸向裙子。就在这时候……

“喂，对未成年人下手可是犯罪啊。”

“就算对方是成年女子，使用强迫手段也叫犯罪。”

“没错，确实是这样。”

我听见了毫无紧张感的对话。

“阿翼！”

出现在那里的是阿翼和盾无小姐，以及盾无小姐的姐姐真林小姐。

“真是千钧一发，看来我们赶上了啊。”

突然间，我想起了火村小姐的话——所谓英雄，往往会迟来一步吧。

果然如此。

“再怎么说，你也来太晚了！”

“抱歉，抱歉。都怪真林小姐啰唆，说什么难得泡了咖啡，至少喝完再走。”

“什么啊，是我的错吗？”

真林小姐一边说，一边笑了起来。面对这种状况还能笑出来，不禁让我再次感叹她不简单。还是说，她单纯是个不懂看气氛的人吗？

“总之，真森森，接下来交给你了。”

然而阿翼似乎更轻松，企图把这一切都抛给盾无小姐。

“我不要。”

“那你来做什么？”

“这句话，原原本本还给你。”

“真森森，你不是最喜欢打架吗？”

“你把我想成什么人了？还有，请别叫我真森森，很恶心。”

于是，他们开始互相推诿。说实话，很不合时宜。

“哈哈哈，你们关系可真好啊。”

真林小姐笑得更起劲了。

“我身为大小姐的保镖，只是来救大小姐而已。其余的是你的工作吧？”

“听真森森的意思，就是只要咲夜没事，那其余人都无所谓喽？”

“我没说那种话，我只是不想稀里糊涂地和那种脏到让人作呕的男人对战。”

“我有同感。”

阿翼他们好像终于得出了结论。

“人员有所增加，我还以为只要负责善后处理就好了呢。”

说着，阿翼漫不经心地朝下场走了过去。

“你这家伙，哪里来的？”

“自报姓名也没什么意义，但姑且告诉你吧。”

阿翼继续往前走，指向下场说道：

“我是忘却社的社长，岬翼。”

阿翼是一脸愉快，我曾见过几次带着这副表情的他。他越是表现得愉快，就代表他越愤怒。当他那过度的正义感失控时就会变成这样。

虽然阿翼在忘却社做着帮助他人的事情，但他绝不是什么善人，甚至能说他是个远比下场危险的人物。那样的他为了尽可能像个人类，才通过忘却社行善。这样的解释丝毫也不为过。

简而言之，事情要闹大了。

“我劝你早点儿投降。”

我只能给出这样的忠告，尽管下场不可能照做。下场似乎能分辨对手的强弱，阿翼却擅长隐藏自己的强大，是一个故意装成没威胁的高手。

“先不提那边的女人，我又怎可能输给这种家伙！”

看来阿翼的专长又完美发挥了，下场没能分辨出他的强弱。

“哇啊啊啊！”

下场出其不意劈来的手刀，被阿翼轻易拨开。如果不是目睹了胡蝶小姐被下场的手刀劈飞，我大概会以为那是软弱无力的攻击吧。其实只是阿翼过于强大，造成了这一假象。

事实上，不仅是拨开，阿翼还顺便折断了下场的右臂。我看见下场手臂的某一截轻飘飘地垂了下去。

“哦呀，忘了先提醒你，我习惯在防守的同时反击，所以你的攻击一定要谨慎。”

即使听了这话，下场还以为刚才不过是偶然。他像是难以理解一般，又挥出左手攻击。

“呀啊啊啊！”

出现了同样的结果。下场的攻击再次被拨开，又被顺带折碎了骨头。

“为什么……为什么会被你这样的家伙……”

看来，下场的双手被折断，心态也随即崩溃了。

“当然是因为你作恶。”

阿翼的脸上居然浮现出笑容。

“可我什么都没对你做！”

“谁知道呢？我的工作就是拯救落难的人。”

阿翼按住了下场的两肩。

“呀啊啊啊啊啊啊啊啊啊啊啊啊啊！”

看来仅仅是那样就造成了剧痛。再看看下场的胳膊，似乎已经脱了臼。如此轻易就卸掉下场被脂肪和肌肉包裹的肩膀，阿翼的技巧真是高超到令人生畏。

“好痛！好痛啊啊啊！”

下场没能耐住疼痛，嚎哭了起来。但阿翼没给他丝毫宽恕，这次又扫了他的腿，将他放倒。双臂折断、肩膀脱臼的下场，没办法做任何像样的翻滚落地姿势，重重地摔在了地上。

“拜托……拜托饶……饶了我吧……”

我看不太清，但从下场的哭腔里就可得知，他的腿不是折断就是脱臼了。

“但是我拒绝。”

不过，阿翼并不是会给予慈悲的善人。

“什么啊……为什么啊……”

从下场的话语里已听不出任何疑问，更像是叹息。

“你这家伙，在听比自己弱的人求饶时放过他们了吗？”

面对这副模样的下场，阿翼仍然提出尖锐的反问。

“啊，呜……”

下场已经无言以对，只好沉默。

“看来你总算知道自己都做了些什么。”

阿翼探头观察下场此刻的表情，随即露出了自现身以来最灿烂的笑容。

“呼……呼。”

“好吧，我原谅你。”

“咦，真的吗……”

“但你得先吃我最后一击。”

下场稍稍缓了一口气，阿翼却一脚将他踢上半空，随后又用掌底重重一击。下场巨大的身体被击飞，猛撞在墙上。

“哦，准确来说是最后三击呢。”

阿翼轻声嘀咕道，可下场已经听不见了，显然完全失去了意识。

“唔哇……”

因此，我不由自主地发出轻声感叹。

阿翼从不饶恕人。时隔已久，我于今天再次确认了这一点。

○

“请问，有办法让她忘掉今天发生的事情吗？”

我们回到了事务所。趁那个女孩去洗澡时，委托人向我们问道。

我知道答案，当然可以，但需要满足某个条件。

“这取决于你的决心。”

对那个条件再清楚不过的阿翼如此回答道。

“我的……决心吗？”

“我们能做的，是从一个人的记忆里直接抹去另一个人。而类似单纯地忘掉今天，这么方便的事情是做不到的。”

“就是没办法了吗？”

“不，只要抹去所有和今天这件事相关的人，今天就会从她的记忆里消失。”

这样一来，委托人好像终于明白了“决心”意味着什么。

“所有相关的人……也包括了我，对吧？”

“要怎么办，少年？即使这样也要抹去今天吗？”

阿翼没有再给出更深的解释。毕竟关于如何从一个人的世界里抹去另一个人，并没有告诉委托人的必要。

“问我怎么办……”

尽管如此，我也觉得这是很残酷的提案，心心念念想拯救那个女孩的委托人，却要从她的记忆里消失。

虽然不清楚两人是什么关系，但他对那个女孩的感情，即使是今天初次见面的我也看得出来。然而要本人做出选择，实在太残酷了。

“请抹去吧。”

委托人没犹豫多久就得出了答案。

“再考虑一下比较好吧？”

我明知这句话很多余，还是忍不住想确认一下。

“为了她，忘记我这点小事没关系。”

这位委托人最初来到这里时看起来很不可靠，现在面对自己要做的事却似乎坚定而自信。

“但是，我有一个请求。”

看来，他的坚定与自信都源于这个请求。

“是什么？”

阿翼询问道，轻轻地笑了起来，说不定已经猜到少年要说的话了。

“我也不想记住今天的事情，请把她从我的记忆里抹去吧。”

那意味着彼此完全变回陌生人。说不定，今后他们都不会再相认。

“那样真的没问题吗？”

我知道他不仅仅是一时冲动，可还是忍不住再次确认他的心意。

“这样就好。只是我单恋罢了。”

尽管我知道这个问题不过是再次令他下定决心……

“回应那份决心，是我们的工作吧。”

阿翼把手轻轻拍在我的头上，注视着我的眼睛。我知道，这是在提醒我别再说了。

“也是呢。”

因此，我便简短地回答道。

○

忘却工作结束后，两人在大楼下稍微发了一会儿呆，随后回过神来，甚至没有注意到彼此，就朝相反的方向各自回家了。

那意味着他们变回了陌生人。虽然是预料之中的事，但真正目睹到这个结果，我还是感到了悲伤。

两人都已忘记今天的事情和我们，那倒没什么，可彼此相忘果然是很寂寞的。他为了救那个女孩拼尽了全力，现在仿佛连这一点都跟着被否定了。

“你真的相信他只是单恋吗？”

我在楼顶望着那两个人，直到他们消失不见。阿翼沉默地站在旁边，而我知道他也在做同样的事。

阿翼没有回答我的问题。我盯着他毫无表情变化的侧脸，比起在考虑什么而不回应，他更像是没有听见。

“什么啊，你在问我？”

阿翼察觉到我的视线，笑了起来。

“你以为我在自言自语？”

“因为你知道答案的吧。”

确实像阿翼说的那样，我心里已经有答案。即使他说出不同的答案，我也一定不会被说服。我只是想对比答案，希望他此刻也是一样的心情。

“怎样都无所谓，毕竟忘却社不是恋爱咨询处。”

阿翼总是这样，工作就是工作，他把事情定义得很清楚。我不知道他是否真的能做到，但他一直试图这样做。

“面对这种事，你真是非常冷静啊，阿翼。”

“人意外地会在需要冷静的时候冷静。”

阿翼偶尔会说这种乐观的话，说这种从他平时的言行来看完全令人难以置信的话。

“你真这么觉得吗？”

若真是这样，他或许是个比我想象中稍微幸福一点儿的人。

“至少我想这样相信。”

可我没有从阿翼的回答里听到肯定。不过我觉得这样就好，比起似乎决定用工作填满余生的那个他还是健全多了。

“果然阿翼就是阿翼啊。”

即使平时会消失，他也总会在关键的时刻赶到完成工作。

世界就是这样运转的——阿翼和火村小姐都这样说过。我还不明白其中的缘由，但大抵是正确的。

“要这样说的话，咲夜也是咲夜啊。”

“这是什么意思？”

由于我自作主张卷进事件里遭遇危机，所以我感觉他正在挖苦这一点。至今为止，我经历的几乎都是这些事，今天也一样，光是想想假如当时阿翼没出现会发生什么，我都感到后怕。

而且如果没有带着委托人去现场，也不会有之后从他记忆里抹去喜欢的人这件事了。总之，我就是遇事心里没底，只能做好被愚弄的心理准备。

“比如放弃等待我就行动起来这点，让我觉得真不愧是你。”

但阿翼似乎在夸奖我。

“真……真不愧？为什么啊？”

我完全没有头绪，不知为何被夸奖，反而更困惑了。

“如果不是你放弃等我，那个女孩已经被袭击了吧？”

“虽说是那样……”

但那种情况真的可以算是赶上了吗？我不知道。

“多亏了你，那个女孩只是受了心理创伤。”

“只是受心理创伤……”

他真是说了些意料之外的话，我正打算这么感叹，却忽然发觉的确如此。

忘却社可以做到的就是抹去心理创伤。这样一来就正如阿翼所说，我将伤害控制在了可以恢复的范围内。

“你很努力了。”

才刚理解阿翼说的话，又听见他漫不经心地轻声夸奖我。是因为这个夸奖吗？我忽然涌起一点儿不满。

“难得被你夸奖，我确实觉得开心。可如果你真这么想，比起语言，是不是还可以有其他方式？”

居然说出这么可恨的话，看来我心底可能积压了很多不满。

“你说得也有道理。”

因为刚才的话，阿翼开始注视我的脸。

我不知道阿翼此刻在想什么。他该说是有些错乱，还是有些故障呢？我总觉得，有些时候要用这些词语才能形容他。我想要的不过是些简单的事物，比如摸摸我的头，请我吃点甜品什么的。

“你真的很努力了，咲夜。”

说着，阿翼一把抱紧了我。看起来很高大的他这样拥着我，让我发现他确实很高大，力气也很大，我什么都做不了。

“等等，等等！”

我陷入了慌乱。果然阿翼有些错乱，对距离感的把握也很奇怪啊……我这样想着，却感到了开心。他确实是发自真心夸奖我，尽管夸得太多了，所以我也回抱住他，还想着趁机表达一下平日里的感谢。

“喂，对未成年人下手可是犯罪啊。”

听见火村小姐的声音后，我慌慌张张地推开他，十分窘迫。刚才明明还觉得身体完全不能动，这种瞬间爆发力真是连我自己都惊讶。

“并……并不是那样。这只是，那个……”

我着急地想说出一个借口，不过火村小姐应该没有认真理解成那种状况……

“咲夜说不要语言，而是想感受我的态度，我就那样做了。”

然而，阿翼又开始说错乱的话了。不对，唉，他陈述的确实是事实，可我总觉得现在该说的不是这些。

“放轻松，我没有要干涉你们的意思。”

火村小姐露出苦笑。

“我也没有向火村小姐寻求建议。”

果然，阿翼还在继续错乱地回应。

“反正忘却社也不是恋爱咨询处。”

火村小姐的苦笑似乎变回了往常的微笑。

“没错！确实是那样。刚才我们还正在说一样的话呢！”

因为正好是刚听过的话，我重复强调这点，然后感受到了内心的动摇，便开始说些毫无意义的废话。

“你真是让人放心不下。”

火村小姐对我和蔼地笑了笑，下楼返回了事务所。我沉默地看着她的背影，觉得心情似乎稍微平静了。

“要说让人放心不下，火村小姐也很让人担心啊……”

我总算察觉到，自己单方面被嘲弄有点不合理，便用寻求同意的眼神看向阿翼。

“所以你才需要伙伴，对吧？”

又是超出我想象的反应，但这种出乎意料在某种程度上说不定是件好事。

“也是呢。”

我表面上只是随意肯定了一下他的话，其实内心无比高兴。

阿翼居然会有说出这种话的一天，太让我惊讶了。如果他这个变化是因为我，那我一定会更高兴。我知道这实在是过于期待了，但还是忍不住期待，希望在他世界里的我今后也能一直欢笑着。

# 第二章

## 重逢于忘却之后来临
## 前篇

在人际交往中，第一印象是很重要的，我经常会听见这样的话。

但我——三仓咲夜和“阿翼”的相遇并不美好。

○

当时正值梅雨季，那年却是不下雨的“干梅”，气候稍有异常，高温盛夏来得比往年更早。

因此，我回到家后先打开了窗户。被阳光直晒的屋子很炎热，让风吹进来会稍微凉爽一些。

说实话，我确实大意了。窗就那样敞开着，我换起了衣服。毕竟我家在这一带地势较高的地方，围墙也很高，我一心觉得根本不用担心被偷窥。

我似乎听见阳台突然传来“咚”的一声。一开始以为是错觉，又觉得即使没听错，那声音应该也是猫之类引起的。

我漫不经心地想着，然而出现在阳台上的是一个陌生男人。他看上去应该二十来岁，比我年长一些，非常高，穿的一身黑。

“啊，稍微打扰一下。”

男人注意到我的视线，简单地打了一声招呼。他明明很高大，或许是因为驼背给人感觉傻呆呆的，招呼声显得意外爽朗，语调就像偶然碰见熟人一样轻松。

"什么打扰一下啊！"

总之，我不问缘由就冲上去揍那个男人。中途发现他怀里抱着一只猫，但我的拳头没有停下。

对于忽然出现的可疑人物，我认为这么做是合情合理的。

"好险……"

可男人的反应很快，护着猫避开了。

"别躲！"

因为被避开，我更恼火了，如此大叫着。

"等等，就算你让我别躲，被打中还是会痛啊。"

男人苦笑着看向我，接着视线往下飘去。

"还有，你这副模样出来闹腾，不会难为情吗，小姐？"

听他这么一说，我才想起自己正在换衣服，衬衫已被我脱下大半。

"啊！"

我发出尖叫，家里跟着骚动起来，庭院里的保镖和看门犬似乎都听见了。

"还能这样啊……"

看来男人理解了眼下的状况，失落地注视着我说道。他的表情里写满了"败给你了"，然后轻盈地跃出围栏。

"等……"

我还没来得及告诉他这里是三楼，他就那样飞跃而下，毫发无伤地跑了起来。他似乎跑错了方向，没找到大门，可我没有义务告诉他。

“唉。”

我像是被抽空力气般径直跌坐在地。虽然记得自己还在换衣服，但仍然那么发了一会儿呆。

○

第二天，我感觉学校似乎比往常更吵闹。或许是因为我心里还记挂着昨天的事，实际上学校和往常没有什么分别。

毕竟这是一间连在走廊说话都要小心翼翼的学校，如果不是产生了错觉，我应该不会对朋友提起可疑人物的事情。

“真是个厉害的人啊。”

听完我的话，小蓝的关注点明显跑偏了，居然感叹起来。

“重点居然是这个？”

我不由自主地吐槽道，又觉得或许千金大小姐就是这样说话的。

论家世的话，小蓝和我一样是大小姐，气质却与我完全相反，她是教科书般的深闺千金。明明穿着一样的校服，但她看上去就是非常高雅。光是这点就很不一样了。

“咲夜家的安保那么严实，他却能悄然潜入又顺利逃走，绝不是寻常人呢。”

“话虽如此……”

“他有偷走什么吗？”

“从目前的调查结果来看，应该没有。不过，也有可能是被我发现，他才空手逃走的。”

追究起来，确实只有我换衣服的样子被看见了这一损失。

“迄今为止，发生过类似的事件吗？”

“倒是听说过有从远处绕着我家张望的男人。”

我家的房子在周围一带算是很豪华的了，似乎还有人会特地来参观。但围墙建得很高，大门也有看守，从没有过陌生人闯进来的事。

“毕竟是那种程度的警备呢。”

小蓝似乎领会了我的说明，轻轻点了点头。可几秒种后，她又露出不安的表情，于是我奇怪地朝她发问：

“有什么担心的吗？”

“咦？没有，不是关于咲夜的事，是想到了我自己。”

“小蓝家发生什么事了吗？”

“不是家里的事。有可能是我的错觉……最近，我总觉得被人跟踪了。”

“那确实很恶心呢。”

“不不，大概是我的错觉吧。如果跟踪的是咲夜，我倒是能理解，可又怎会有人跟踪我呢？”

“小蓝，你对自己的认知似乎有很大偏差。”

我不是男人，更不是什么变态，所以很难说自己理解那些人的想法。但要纠缠的话，比起我，小蓝更有价值。

“那是什么意思？”

“如果出现跟踪狂，比起跟踪我，肯定是选择小蓝的可能性更大。”

“是这样吗？”

小蓝似乎完全没有认同。没办法，我只好拿出手机呼叫盾无小姐。

“收到，我是盾无。大小姐，有什么事吗？”

盾无真森小姐是我的贴身保镖。

“盾无小姐认识小蓝吧。”

“是大小姐的同学梓纱小姐，对吗？”

“嗯。小蓝最近似乎被跟踪狂盯上了，我希望你能保护她。”

“既然是大小姐的要求，我照做也无妨，但是……”

我明白盾无小姐欲言又止的原因。保护我才是她的本职工作，她不想出现疏忽。

“就拜托你了。”

可我故意打断了她的话，把事情托付给她后挂掉了电话。

“就是这样。从今天起，小蓝由盾无小姐保护。”

“为我做到这个份儿上，没关系吗？很可能是我的错觉啊。”

小蓝似乎还是坚信自己不可能被盯上。

“等发生什么就晚了。盾无小姐只需两三天就能弄清楚到底是不是你的错觉。”

“但愿如此吧。”

小蓝看起来还是很为难。我心想，要是她再推脱，就强行要求盾无小姐去保护她。

“没问题的。那个人非常优秀。”

○

没问题的，原本应该是那样，放学后却发生了奇怪的事。

“可能是我的错觉。”

小蓝的体操服被偷了。

“你真的放在那里吗？”

班里同学对此有些疑问。今天没有体育课，大家都在想会不会是小蓝没有带来。这也难怪，这间学校的学生都来自大户人家，不可能有人去偷，更不会有人希望闹出这样的事。

“理应是那样的。”

小蓝被在场的气氛压得喘不过气，我再也看不下去了。

“小蓝都说被偷了，那就是被偷了。”

我插进小蓝和大家的中间。

“什么？这叫什么歪理？”

如此反驳我的是霞之关早穗。她是和小蓝不同类型的大小姐，十分强势，无论遇见什么事都坚信自己是正确的。

“假如只是错觉，那么小蓝不会特意告诉大家。”

“听你的意思，难道班里的某位同学是犯人吗？”

霞之关同学朝旁边一挥手，示意让我面对聚集起来的大家。

“现在还不知道。”

“莫非你还想说，是外面的人干的？”

就算赶不上我家的程度，这间学校的警备也绝对不容小觑，应该不会有那种可能。

“我并没有那样想。”

“那你倒是说说，究竟是谁，为了什么偷那种东西？”

我完全回应不了她的质问，因为我也无法想象犯人是以什么样的心情去偷小蓝的体操服的。

“我不知道。”

“真是话不投机。”

霞之关同学的话给了我当头一棒。虽说确实怪我没能反驳她，但这种说法也太过分了。

“算了，这件事就到此为止。”

叶樱同学打破了凝固的气氛，他是某种武术的有段位者，班级里公认他是一个彬彬有礼的男孩。

“你有什么想说的吗？”

“倒是没有。只是觉得你们两位没有针锋相对的理由。”

叶樱同学说道，还笑着望向霞之关同学，期待她的认同。

“确……确实如此呢。”

霞之关同学看上去不知所措，松了口。

“总之，梓纱同学先回家检查一下，假如确实丢失了，再向老师寻求建议吧。”

“也是呢。”

小蓝似乎接受了。如此一来，我也没必要继续和霞之关同学争论了。

“谢谢你，叶樱同学。”

确认这件事暂且过去后，我向叶樱同学道了谢。

“不，这种小事用不着道谢。”

他看上去像完成了分内事而已，接着便离开了。

○

在校门口一见到盾无小姐，她便朝我道歉。

“大小姐，很抱歉。”

“咦？怎么了？”

我不明缘由地看了看小蓝，她也一脸惊讶，没有头绪。

“没想到居然会发生这种事。”

盾无小姐似乎在说小蓝的体操服被偷的事情。毕竟我刚吩咐她保护小蓝就立刻发生案件，她自认失职了。

“我确实关注着梓纱小姐……”

小蓝看着盾无小姐恨不得下跪磕头的模样，也跟着发愁。

“请不要在意，都是小偷的错。”

那之后，小蓝打电话回家确认了被盗的事实。可是向老师报告这件事后并没有得到重视，老师坚称在学校里是不可能被盗的。

东西不在家里，从原本放着的地方消失不见，但也可能不是遭窃。那难道是小蓝的体操服自己跑丢了吗？

“咲夜，别再耿耿于怀了。”

小蓝似乎猜到了我在想什么。

“但是……”

“反正已经买了新体操服。”

“但是还有跟踪小蓝的家伙啊。”

“那个……确实是问题呢。”

小蓝听我这么说，像忽然回想起来一般。

“今早还说可能是错觉，可联系上体操服的事情……”

“果然不是错觉吧？”

小蓝开始沉思，于是我和盾无小姐都沉默地等她再次开口。

“咲夜，你等下有空吗？”

她的话让我不知如何回答。

“倒是有空。”

我开始思索她要说什么。

“你听说过忘却社的传闻吗？”

“那是什么？”

“它就像都市传说一样，类似现代的避难寺。”（注：避难寺，指旧时帮助逃难妇女的寺院。）

“避难寺？”

怎么回事，好像进入了奇怪的话题？

“总之，据说那里会帮助被追踪陷入困境的人。”

“你想去吗？”

“虽然想去，但我不知道地址。”

“查询一下就好了。”

我说着，又觉得或许不是这么回事。

“大概查询也没结果。再怎么说，那间忘却社……”

小蓝像是恶作剧后被责怪的女孩一般，狡黠地笑了。

“据说事务所建在一栋十二层建筑的第十三层里。”

○

那是不可能存在的地方吧。

明明这样想着，我还是依照传闻来到了新宿，因为我感到了一丝可信度。

十二层建筑的第十三层，只有真正陷入困境的人才能凭借传闻找到那里，得到帮助。说实话，我最喜欢这类故事了。那简直像英雄一样，存于不存在之处的事务所，听起来就很帅气，反而让我感到了说服力。

“毕竟发生了那些让人心里发毛的事，转移一下思绪也好。”

即便不抱希望试一试，也比让怀疑自己遭遇跟踪狂的小蓝单独回家好得多。

“也是呢。”

上网搜索忘却社的传闻后，意外地出现了很多结果。共通的有位于新宿某栋十二层建筑的第十三层，以及无论怎样的委托都能在三天内解决，还有他们会消除追踪者的记忆，令人后顾无忧。最后，就是得救后的人们想不起有关他们的事。

得到这些零碎信息后，说实话，我已经期待不已了。

“好像也不是这里。”

我找到感觉相近的大楼就上去看看，可即使有电梯，也很耗费体力。而且很费时间，比想象中更累。

这是一栋十二层的大楼，第十三层是普通的楼顶。它算是一栋较高的建筑，视野还不错，但由于四周都是杂乱的写字楼，看不到什么美景。

“是啊。”

不过，小蓝看上去还挺开心的。

“果然瞎找一气是行不通的。”

盾无小姐说着，举起一台笔记本大小的平板电脑给我看，屏幕显示着建筑物名称和地址的表单数据。

“这是什么？”

“我试着找出符合条件的十二层建筑，列了个表。”

盾无小姐滑动着屏幕，示意我大楼的数量繁多，远不止十栋二十栋。虽然我知道这种高度的楼在新宿不会少，但实际得知有这么多后还是为难了。

“该怎么办？”

“如果可以由我代查，那全部调查一遍也没问题……”

然而根据传闻，只有真正陷入困境的人才能找到。也就是说，我和盾无小姐都不行，必须由小蓝自己寻找。

“肚子也快饿了，再找一栋就结束吧。”

小蓝似乎听懂了盾无小姐话中的意思，便这样提议道。即使身在危急时刻也不想任性地牵扯其他人，她就是这样的女孩。

“最后去哪栋呢？”

“这也是个问题呢……交给咲夜决定吧。”

“咦？我？”

“请指一栋你比较在意的。”

“这种事还是小蓝决定比较好吧？”

“所以我决定由咲夜来指啊。”

“这句话好像说得通，又好像说不通……”

小蓝的话似乎有奇妙的说服力，于是我凭直觉指了一栋。

“是那一栋吗？”

盾无小姐说着，用地图确认了位置。

“是荆木第三大楼呢。”

“那栋大楼有几层？”

小蓝问道。虽然她确实把决定权托付给了我，但如果那栋楼不符合条件，也无从下手。

“的确是十二层。”

盾无小姐上网搜索，肯定了这个答案。

直觉说不定真派上了用场，我如此想着。

○

“电梯好像故障了……”

随意指出了一栋满足条件的大楼，让我在那一瞬间感到了命运的安排，却在最后关头嗅到了扑空的气息。

至于为什么会觉得扑空，是因为要确定是不是这栋楼，必须爬上十三层才行。

“说起来……似乎还有必须爬楼梯上去这种传闻呢。”

小蓝似乎有不同的感想，她正在为当下的情况高兴。

“咦，那算什么啊？”

这样一来，今天去过的那些大楼也不能肯定都是找错了。

“抱歉，因为只有一条这样的传闻，我一时忘记了。”

“哎呀，没关系。”

不容分说，我们只剩下爬这栋十二层大楼的选项。

如果忘却社真的在这栋大楼里，那确实可以说是命运的安排。如果电梯没有故障，我们或许已经懵懵懂懂地回家了。

“嗯，说不定走对了。”

反正是最后一栋了，我的想法变得乐观起来。

“毕竟是咲夜选的。”

“这倒没什么关系。”

不过，如果忘却社真的在这里，就能见到传说中的英雄了。网上并没找到关于人物形象的传闻。

“不知道是怎样一群人。”

小蓝似乎在想同样的事。

“总之，可以称为英雄的人应该很酷吧？”

我们聊着，继续向上爬楼梯。

“是男的吗？还是女的呢？”

“嗯？也对，也可能是女子。”

“但应该是男子。”

“我也这么觉得呢。”

不然的话，我便感觉有些不对劲。我就这么随意想象着。

“说起来，好像都没仔细想过，那个跟踪我的人究竟是怎样的呢？”

这么一说，我想起了昨天的事。来到我房间阳台的那个男人个子很高，穿的一身黑，十分可疑。

“考虑到体操服的事情，那应该是个很恶心的男人。明明个子很高却驼背之类的。”

“果然是个男人啊。”

小蓝这样说着，脸上还是带着一些质疑。

“话说回来，大小姐？”

盾无小姐忽然插话进来。

“什……什么？”

“已经到十二层了。”

不知不觉已经爬到这么高，但更让我惊讶的是眼前的景象。

“上面感觉不像是楼顶。”

我不认为盾无小姐会数错楼层。她在这方面很细致，不会说出没自信的话。

“也就是说，这栋楼……”

很显然，小蓝也察觉到了这意味着什么——这栋十二层的建筑存在着第十三层。

“小蓝呼救的心情传达到了。”

我至今的疲惫立即烟消云散，重振精神跑上楼梯。

到达十二层的上一层后，楼梯仍往上延伸着，看来连着楼顶。毫无疑问，这里就是第十三层。

“是这里吗？”

为确认抵达十三层而往前走去的小蓝，指向了某个地方。

“看来是的。”

我走近一看，发现那里有一块招牌，上面确确实实写着“忘却社”。可挂着这块招牌的地方，却与我的想象相去甚远。

通过朝向走廊的一面大玻璃窗可以看见里面的摆设。姑且开着灯，但仍有些昏暗。玻璃窗上用红、白、蓝三色的光泽纸贴出了花纹和文字，文字为“火村理发店”。

“这是理发店吧？”

很直接地写着理发店，透过窗户还能看见独特的自动调节椅、洗脸台和镜子，不管怎么想都不像有别的可能。红、白、蓝装饰灯也是理发店特有的配色。我记得那代表着动脉、静脉和绷带……不对，这样一来为什么不是属于医生的设计啊？

“既然招牌挂在外面，我觉得就是这里。”

小蓝与我不同，似乎确信就是这里了。

“是吗？盾无小姐又怎么看？”

我转头询问盾无小姐的意见。

“我去确认一下。”

盾无小姐似乎有些生气，也有些发抖，看上去充满了攻击性。或许这只是她的警戒心使然。

“有什么问题吗？”

“火村这个名字，我稍微有点在意，但可能只是巧合。”

盾无小姐仅说完这一句，就往铺着地垫的门前走去。她深吸了一口气，推开了门。门静静地敞开着，她走了进去，也没响起任何提示来客的铃音。

“没人在吗？”

“如何呢？总之不像是有人在欢迎来客。”

盾无小姐仍然没有放松戒备。

“英雄外出了吗？”

我缓缓跟在盾无小姐身后。

正如外观所示，其内部果然是一间理发店，有四套椅子、镜子和洗脸台的组合。后面似乎是为排队客人准备的长椅，再往里是一个放置着漫画杂志与漫画单行本的大书架。

布置很杂乱，清扫却很到位，看上去没有任何积了灰的角落。现在这里没有店员，但肯定有人定期造访。

“杂志暂且不提，这些漫画几乎都是很老的作品了。”

小蓝看着书架，于是我走去她身边进行确认。那里摆放着《足球小将》《北斗神拳》《筋肉人》《猫眼三姐妹》《风魔小次郎》《哥普拉》这些作品。

“这些是什么时候的漫画？”

“我说不上来准确时间，但应该是上世纪80年代的作品。”

也就是三十年前的作品，比我的年龄要大得多。

“我要往里走了。”

我还没从震惊中回过神，就听到盾无小姐发出带着些许紧张的声音。扭头一看，她正要掀起隔着通往深处房间那条路的布帘。我疑惑着究竟是什么令她那么警惕，便看向小蓝，小蓝似乎也思索着同样的问题。

“跟上去吧？”

不知为何，我竟有些难为情，就试着提议道。

“也是呢。”

我们慌忙地跟着盾无小姐的背影掀开布帘。她先是朝我们看，又用食指按住了嘴唇，是在示意我们安静吧。我想她应该发现了什么，于是小心翼翼地不发出声音，朝她接近。

这里看起来是一间带厨房的起居室，还布置着一张大大的木桌，四周摆放着六张木椅。看着其中一张椅子，我便明白了盾无小姐做出安静手势的原因——那里坐着一个睡着的女孩。

她简直像人偶一样，是与这一形容再贴切不过的少女。她看似睡着了，却让人不由自主担心她是否还有呼吸。她完全没有动静，说不定真的是人偶。

“嗯？”

我刚这样想，那个女孩就睁开了眼。她的动作看起来有些笨拙，难道睡迷糊了，还没回过神吗？

“嗯？”

女孩似乎仅仅活动着脑袋，她先缓缓地朝左，又扭向右边观察。果然很像人偶。

“请问，您是忘却社的人吗？”

向女孩搭话的是小蓝。她明明看见了我和盾无小姐都迟疑着难以搭话而陷入沉默，这种行动力着实让我惊讶。

“嗯？不是的。”

“那这里不是忘却社吗？”

“这里是弥理的家。”

“弥理是您的名字吗？”

“嗯，弥理的名字是弥理。”

自称弥理的女孩应该与我岁数相同，言行却给人非常稚嫩的感觉。小蓝正与她对话，也露出了困惑的神情。

“所以这里并没有忘却社的人，对吗？”

即便如此，除这个女孩外，这里似乎没有其他人，小蓝只好如此问道。

“没有叫‘忘却社’的人。”

“这样啊。”

然而，她们的对话似乎不在一个频道，连旁观的我都听出来了。

“哦呀，是客人吗？”

就在此时，忽然响起了男子的声音。听声音便知道，这里不知何时出现了其他人。我心头一颤，回过头去，不经考虑便问候道：

“不好意思，打扰了。”

我抬起头，发现进入视野的那个男人有些眼熟。他是个子非常高的驼背男人，穿的一身黑。

“昨……昨天的痴汉！”

我不由自主地叫了出来，没想到居然在这种地方再会。除此之外，我的脑袋一片空白，盾无小姐却一跃而起冲向了他。

“咦？”

盾无小姐的影子落在男子脸庞的瞬间，他发出了稍稍惊讶的声音。

○

“昨天的事……是的，很抱歉，完全是我的不对。”

一分钟后，男人被绑在了椅子上，接受我们的审问。毕竟被紧紧束缚着，他没有反抗，只能老老实实地回答我们的问题。

“姑且让我解释一下，我的目的并非偷窥。我是一名侦探，被人委托了找猫的工作。我只是单纯地找着找着，结果变成了那样……”

不仅如此，他甚至连我们没问的都招了。

“总之，他看起来不像坏人。先帮他把绳子解了比较好吧？”

小蓝如此判断，盾无小姐却摇着头拒绝了。

顺带一提，那个自称弥理的女孩似乎也被眼前场景逗乐了，笑嘻嘻地看着我们，不免让人担心她究竟认不认识这个男人。

“那间房子太大了，经常会有猫误闯进去。我请警卫让我进去找，但被拒绝了。”

“所以，你想说非法入侵是合情合理的？”

我对男子的说辞不满意，语气咄咄逼人了起来。

“当然不能说是合情合理，可是有因为猫一直不回家而担心的人啊……话说回来，你们来这里应该有要紧事吧？”

我有一种被转移话题的感觉，但确实如此。

“先确认一下，你是忘却社的人吗？”

“我是忘却社的社长代理。”

男人表明了他的微妙职位。

“那社长在哪里？”

“没有社长。所以就现状而言，我算是身居最高位吧。不过，最低位也是我。”

“这个人靠得住吗？”

说实话，我很不放心，不认为他可以化解小蓝的危机。

“说起来，您叫什么名字呢？”

可惜，当事人小蓝似乎已经决定信任这个男人。她一边为他解开绳子，一边提出这个早该提的问题。

“岬翼。姓是《足球小将》的岬同学的岬，名是《足球小将》的翼同学的翼。你可以亲切地叫我阿翼。”

“那么，可以叫您翼先生吗？”

“这样啊，也行。”

小蓝看起来理所当然地相信了他的话，但在我听来未免太可疑了。

“那显然是假名。是你刚才看着书架决定的名字吧？”

所以我直截了当地指了出来。

“你们是听信了真假不明的传闻才来到这里的。相比之下，我的名字是真是假根本无所谓。”

然而，他的回答让人不敢相信是出自刚才那个束手就擒的男人之口。不知何时，他的表情也变得无所畏惧。

“那么，委托人就是这位小姐？”

自称岬翼的男人确认自己被完全解开后，稳稳地站起身，看向了小蓝。

“是我。虽说可能仅仅是我的错觉……”

接着，小蓝说起了自己疑似被跟踪的事情。她说得非常详细，描述了很多她具体感到不安的瞬间，连我都没听她说过。岬翼则是沉默地听着。

“于是，今天突然想起关于您这里的传闻，就找了过来。”

“原来如此。”

岬翼嘴上说着理解了，却似乎有些犹疑。

“不经过调查，那什么都无法定论，但我会消除让你不安的原因。”

不过，当他再次看向小蓝，便如此说着，稍稍低了低头。

“您相信我吗？”

“你会来到这里，就至少可以肯定你正因某件事困扰着。”

小蓝似乎完全相信了他，我心里却仍旧缠绕着疑问。

“你这话是什么意思？”

因此，不满的话又脱口而出。

“这个世界就是如此。首先，如果没有感到困扰，就不会费心思特地找到这里来。难道不是吗？”

岬翼没有丝毫示弱，竟反问起了我。我当然应该接受正确的论调，但被这个男人驳斥，总觉得很没意思。

“那么，该说是报酬吗，委托费之类的应该付多少呢？”

在我答不上话的空隙，小蓝开始了别的提问。

“我不收报酬。因为我做这些不是为了钱。”

“即便如此，我也觉得至少应该向您支付成本。”

“无所谓。假如顺利解决后你还是想付，那付给我也无妨。”

我对岬翼这番说辞嗤之以鼻。

“那你办忘却社是什么目的？”

我有些怨愤地盯向他。一切都太称心如意，反而让人感觉有什么隐情。

“或许是因为，我觉得继续这份工作，就能再次见到重要的人吧。”

岬翼正面对上了我的目光，回答道。

“重要的人？”

因此，我也觉得稍稍可以信任他了。

“尽管我已经忘记那是谁了。”

可惜，他的下一句话让我再次认为他不可信任。

○

第二天清早，我就来到了大小姐们的学校，并且穿着不怎么习惯的衣服。

那是黑色的、十分正式的制服。虽然颜色和平日的没什么分别，但总有种被用力束缚的感觉，让我无法平静。

“好像和你是成对的。看起来怎么样呢？”

等待我换装的是一位身着相似服装的少女，名字好像叫盾无真森。据说她是与委托人同行那位叫三仓咲夜的女孩雇佣的保镖。

另外，这身制服似乎是三仓家的管家们潜入护卫时所穿的。

“我很不爽，可这毕竟是小姐的主意。”

她毫不加掩饰地回复以示抗拒。我以为，这种时候即使真心这么想也不该说出来，但这女孩并非如此。

“这样啊。”

我产生了一些出师不利的感觉，尽管起因是我将话题引了过来。这位名叫盾无真森的女孩紧盯着我。

“我脸上粘了什么吗？”

“没有。”

“领带歪了吗？”

“没有。”

“难道说，我们在哪里见过？”

“至少你应该没见过我。”

“这……这样啊。”

听不太懂她的话，但我很显然被讨厌了。或许是她身为保镖，对我这样的外人会感到抗拒吧。

“已经向学校报备过你是盾无小姐的部下了，不许抱怨。”

这时，名叫三仓咲夜的大小姐出现了。

“知道了，很抱歉。”

我认为大小姐应该没有听清之前的对话，可既然她指出我在抱怨，那这种情况下也只能先道歉了。

“希望你能为了小蓝好好调查，但不要引起什么骚乱！”

“好的。”

大小姐叮嘱我，再次投来猜疑的目光，随即离去了。

“那么，岬翼先生打算怎么做？”

于是，这次轮到旁边这位可怕的女孩发问了。

“毕竟什么都还没发生啊。”

我只好苦笑着如此说道。

现在我知道的，只有这件事笼罩着一种说不上来的别扭感。

因此，我在旁人看来，仅仅是毫无作为地睡了一觉，就迎来了午休。

“阿翼，为什么你会在这种地方睡觉？”

大小姐并不纵容这样的我。不知她是怎么找到了躺在天台观察白云的我，特地前来责备。

“不管怎样，接近躺在地上的男人时内裤会被看到，你注意一点比较好。”

我在看见前就起身了，但大小姐似乎不这么认为。

“果然……”

“我倒觉得，如果是痴汉就会沉默着继续看。”

对于我的话，大小姐重重叹了口气。我确实是被讨厌了啊。不过，毕竟她不是委托人，我并不在意。

“那么，关于小蓝那件事，你查清什么了吗？”

“非要说的话，没有。”

“竟然还在悠闲地睡觉，真是游刃有余啊。”

“我并不是什么都没做。”

虽说如此，可就算对她说明我做了什么，我也不认为她会理解。

“对于工作，我希望你能用结果说话。”

这倒是没错，大小姐的这种主张才是正确的。即使不收报酬，工作就是工作，的确该用结果说话。

“锁定犯人后，我会确保他不再纠缠的。”

“但愿如此吧。”

大小姐似乎完全不信任我。算了，我还没交出任何成果，她会这样也不奇怪。

“我的工作是从犯人脑海里消除有关受害人的记忆。”

“那是什么？你想说你有超能力吗？”

“要说是超能力，也确实是吧。”

我很认真地在回答，但大小姐还是摆出了难以置信的神情。

“你满脸写着‘超能力怎么可能存在啊’。”

“会这样想才正常。”

“那忘却社那栋楼又怎么解释呢？也超越了常理吧？但小姐们还是相信并找了过来。”

“那是……因为小蓝相信。”

“在我看来，比起那位小姐，你倒是更像想相信‘那种事情’的人。”

“才没……”

大小姐欲言又止，看来被我说中了。

“总之，我确实能从人的记忆里消除特定的人。”

“就算那是真的，难道有什么问题吗？”

“消除本身很简单，但我无法让消除的记忆恢复，因此需要稍微慎重一些。”

“哼。”

大小姐摆出兴致索然的脸。没办法，我决定换一种更能让她感兴趣的说法。

“我觉得那位小姐说的话或许不是事实。”

“你想说小蓝在撒谎？”

该说如我所预料吗？大小姐立即恼火地瞪着我。

“可能只是她一心设想成了那样而已。这就是我想说的。”

“设想？”

“例如，一对总在吵架的情侣，会想着再也不愿见到对方吧？那么是否可以信以为真，将这两人从对方心中消除呢？”

“那可不行。”

“也是呢。可是这两人在那个瞬间是真心那么想的。就算去询问他们，他们也一定会回答‘希望消除’。”

“但你听见小蓝有多不安了吧？而且她的体操服也被偷了哟。即使这样，你还觉得她没有被人盯上吗？”

“我的意思是，即使看上去是这样，那也未必是‘事实’。”

对于我的话，大小姐果然露出了无法接受的神情。在这种情况下，一心为朋友着想再正常不过了，不能因此责备她。

“用不了多久，我就会揪出偷体操服的家伙。不过，让那家伙忘却那位小姐是否就算解决了这件事，这点必须想清楚。”

“所以你想说，让小蓝忍受到那个时候吗？”

“至少我认为，她本人是做好了这个准备才委托我的。”

就实际情况而言，那位小姐并没有来催促我，所以不算我迎合自己的状况下结论。

“如果锁定了好几个可疑家伙，让他们都忘却不就好了？这样一来，小蓝今后也不用再担心了吧？”

但大小姐似乎希望我尽快解决，开始提出在我看来非常荒唐的建议。

“即使那些家伙是她和你的同学吗？”

也许我有些感情用事了，只见大小姐睁大了眼，无言以对。

“我的‘超能力’会让目标对象完全忘却特定人物，随后再也无法认知对方。”

“嗯。”

“会完全无法认知的。明明是每天都见面的同学，那家伙的意识里却永远不会再有那位小姐。你觉得这样也没问题吗？”

她似乎仍没有理解我话中的意义，但被我的气势怔住，至少体会到了我所说的事情很不妙。

“抱歉。我好像说了过分的话。”

大小姐很坦诚地向我道歉，因此我稍稍冷静下来继续说道：

“我能进入他人的世界。”

“这就是你的能力？”

“在忘却社，把他人的世界称为‘固有世界’。‘固有世界’是那个人所认知的世界，与我们共处的世界相比，存在着部分差异。”

“也就是照自己的看法和理解所构筑的世界？”

“有这样的情况。假使那位小姐的跟踪狂确实存在，那么只要进入那家伙的世界……对了，例如发现和她家的距离近得可疑，会存在这类和现实明显有出入的部分。”

“也就是说，只要进去就能知道了？”

“单是进去可能还无法查清，但比起不高明的盘问确实更有用，并且还能不被对方察觉。实际上，我在上午已经调查过老师们了。”

“为什么是老师？你怀疑他们吗？”

“他们没有把盗窃作为案件处理是疑点。另外，大人们比较好调查。”

“为什么？”

“孩子们的世界是不安定的，会因为一些小事立即发生翻天覆地的变化。总之，进入他人世界调查时，我会很危险，被进入的家伙也很危险。”

“你的意思是？”

“还需要一些时间。而且，或许向那位小姐了解一些更详细的情况比较好。”

对于我的话，大小姐再次投来怀疑的目光。

“你该不会是把调查当借口，企图更接近小蓝吧？”

“怎么可能！我和委托人接触时从没有过这种心思。”

她的想象实在太出乎意料，我不禁笑了起来，于是再次被大小姐怒视了。

“真的吗？”

○

看来，我这个人实在很容易被讨厌。不过我有自知之明，就算被人说自作自受，也算是明白缘由。暂且不提最近，可实在无法说我度过了言行端正的少年时代。

“你，看着挺脸生的啊。”

即便如此，我仅仅是路过走廊就被没说过话的男孩询问来历，还是有些惊讶。

“你是在说我吗？”

因为被嘱咐过不要引起骚动，所以我尽量摆出了谦逊的态度问道。接着，我看清了那个男孩的脸。他是大小姐的同班同学，我记得名字叫叶樱翔。的确是个很装模作样的名字，但轮不到我这个自称岬翼的男人指责。

他似乎修习着某种格斗技，应该是以体重进行分级的竞技，像是拳击之类的。此外，脂肪量控制得很好，全身稍有肌肉感，就是所谓的瘦肌肉男。脸长得也不错，怎么看都是受女生欢迎的类型。

“是三仓家的新人吗？”

“正是如此。”

我以为这样就结束了，叶樱的左拳忽然横到了我的眼前。

“好险……”

只是点到为止，也许他从一开始就不想打中我，可实在说不上有礼。

“过来一下。”

可能是察觉到了周围人的目光，叶樱如此说道，便朝楼梯走去。说实话，我非常想无视他，但眼下只能跟他走。

“要花很多时间的话就麻烦了。”

“很快会结束，不过也取决于你的态度。”

“唉。”

虽然他说很快，但光是行走就花了很长时间。

叶樱在学校里十分引人注目，要想找个远离所有人视线的地方，就只能去一般学生不会去的天台了。

“那么，三仓的保镖在学校里晃来晃去，是在做什么？”

他从最初就充满敌意，在这没有其他人的地方，敌意更露骨了。很显然，这个叫叶樱的男孩觉得我很碍眼。

“非常抱歉，这是工作秘密。”

“劝你老老实实回答我的问题。我不是那种听完会四处散播的好事者。”

叶樱朝我示意他紧握的拳头，似乎想威胁我。这样一来，我也无法继续装出谦让的模样了。

“这是我接受的委托，不能就此停下，也不可能对你说明。或许少爷你没听过吧，有一种叫守密义务的准则……”

在我的话似结束非结束之时，他放下横着的左拳，同时右拳挥了过来。这次他没有停下，径直打中了我的腹部。

“唔！”

他应该没有使出全力，我并不是很痛，却很不愉快。

“我在向你提问。回答我！”

“是希望我向你说明什么是守密义务吗？”

我笑着挺直了背，俯视叶樱。作为高中生他的体格很健壮，可要论身高，我比他足足高了十厘米。

叶樱瞪着我，似乎对此很不悦。我看着他的愤怒表情，将右肩稍稍往后提了提。

“唔！”

接着，正如我所预料，他的右拳又挥了过来，这次打中了我的脸。他丝毫没有手下留情，力量集中释放在我的左脸上。

“总之，能先停止使用暴力吗？”

我居然笑着回复他。

“我们决斗吧。不如签一份受了伤也不追究的字据？”

“居然随身带着那种字据，真是准备充足。”

我轻笑着，随即叶樱张开嘴大笑起来。或许这就算开打的信号吧，只见他的左拳又挥了过来，就是所谓的刺拳。这种攻击拳法，具备凭人类的反射神经无法避开的高速度。在认为这家伙的流派是拳击时，我已经输了一阵。

“挺厉害啊。”

正当我意图反击时，叶樱便在原地有节奏地轻跳了起来，似乎打算用脚技攻击。

我思索着那会是怎样的招数时，大小姐们来到了这里。

“翼先生！”

“你在这种地方做什么啊？”

不仅如此，大小姐似乎认为错在于我。再怎么说，被叫来这里遭受单方面殴打，还要承受这种误解，我的干劲可是会减退的。

“能请两位退后一些吗？”

叶樱这家伙又开始装绅士模样。唉，他真像是会受女生欢迎的家伙。

“是翼先生做了什么吗？”

委托人大小姐梓纱蓝好像并不认为全是我的错。

“现在正是我们赌上男人尊严的决斗最高潮呢。”

我听着叶樱的话，心想什么时候变成了那种情况，然而无法进行反驳。在我开口前，他又朝我挥来了刺拳。

是受过不少训练的刺拳。速度是一方面，我完全无法看清他出拳的动作。由于重视速度，他的腰没有使劲，因此打得不是很痛，但给我很大压力。

“你还手也没问题，不过也得有那个能力啊。”

既然叶樱如此说道……

“那就恭敬不如从命——哼！”

我用右拳打向他的脸。

“唔！”

可惜差了一点点，没能击中他。并不是点到即止，我是真想击中他的。但叶樱往后退了几步，刚好离开了我的击打范围。

不仅仅是刺拳，他的眼神也相当好。

“真厉害啊。”

“即使夸奖我，我也不会手下留情。”

之后，我陷入了被单方面殴打的窘境。

叶樱用刺拳衡量过距离后使出直拳，接着迅速撤退。这实在是王道的拳击做派，难怪我会被打得狼狈不堪。

“明天起，记住谨言慎行。”

在梓纱大小姐的阻止下，叶樱朝我留下一句亲切的忠告便离去了。原本我还有其他应该做的事，但没能问出口。

“好痛……”

“啊，对不起。会刺痛吗？”

梓纱大小姐觉得我受伤的责任在她，便陪同我来到保健室，还亲自为我处理伤口。

“不，也没有那么痛。”

“小蓝没必要为他做到这个份儿上吧？我明明嘱咐过不要引起骚动。真是的，你究竟做了些什么啊？”

于是，三仓大小姐责备起了我。

“我也觉得。”

我需要快点锁定犯人揭开真相，不应该和高中生缠在一起还被单方面殴打。

“叶樱同学曾经打败过空手道部的高三学长。那个人可是经常入围全国大赛的，竟然毫无还手之力。”

她想说的是，叶樱并非我这种人有能力一战的对手吧。

“这种事情，你得预先告诉我。”

我试着挖苦她，可其实不认为预先知道了就能改变结果。

“那么，下午有收获吗？”

想必大小姐也知道深究这件事没有意义吧，她切入了主题。

“啊……能称作收获的应该没有。”

我想说些什么能让大小姐开心起来的话，但实在没有，也没办法啊。

“锁定了嫌疑犯吗？”

“谁知道呢？不过，我倒是找到了显然很怪异的家伙。”

“谁？”

大小姐有些期待，身体稍稍前倾着问道。

“叶樱翔。”

然而这个回答让她重重叹了口气。

“你这人，果然靠不住啊。”

我在大小姐心中的“股价”持续下跌，这不用想也知道。如果这里是股市，我在中午时应该已经跌停了。可是不巧，在大小姐心中似乎没有这样的股市。

○

“三仓，可以过来一下吗？”

第二天清早，叶樱同学便向我搭话。我知道他想说什么，是阿翼的事吧。

“那个男人是做什么的？”

“被委托调查小蓝体操服事件的侦探……之类的人。”

若提起忘却社，事情只会变得更麻烦，我就暂且这么说了。

“关于小蓝的体操服，那真的是盗窃吗？”

叶樱同学却更在意这点。看来他对阿翼并没有很感兴趣。

“那之后在电话里确认了，也报告给了老师。”

“是为了学校的名誉拒不承认吗？”

叶樱同学等不及我的回答就焦躁了起来。虽然表现有些夸张，但基本是出于他过强的正义感吧。

“所以小蓝找来了那个人。”

“原来如此。”

叶樱同学仍然是一脸不悦，我无从得知他的怒气究竟是对于老师和校方还是对于阿翼。好一会儿，他只是皱着眉头思考着什么。

“所以，那个男人……值得信任吗？”

最终，他抛出这个问题，于我而言相当难回答。就算他不说，阿翼从一开始就是个形迹可疑的男人。

“无论我怎么想，小蓝似乎都很相信他。”

我尽了全力才说出这句话。

那天，我一直思考着叶樱同学的问题，不知不觉就到放学时间了。

“问我值不值得相信，他从一开始就是个痴汉啊……”

说实话，对我来说，问题是究竟能相信阿翼的哪一点，能作为判断依据的只有网络上的传闻。

“那也是被忘却社帮助后才有的故事……”

阿翼说自己是社长代理，说不定那些传闻并不是指他，而是关于社长或其他人的事情。

“从这方面想，又似乎是能信任的……”

连我自己都觉得不可思议，明明很想相信他，他却没能令我相信。我好像正在为此生气，这究竟是从哪里来的感情，我也说不上来。或许是把他想象成了英雄，由此产生了与现实间的差距所导致的吧。

“那个人确实没什么英雄的感觉呢……又很弱。”

正当我满脑子这些事情时，忽然被搭话了。

“你在这里啊，大小姐。”

“哇啊！”

我吓一大跳。而且那句话怎么说来着，说曹操……阿翼便到场了。

“嗯？刚才不该向你搭话吗？”

“也不是……不过，你有事啊？”

“被一直催促我的人问这种话，真让人失落。”

“就是说，你查出犯人了？”

“还没有十足把握肯定。”

“谁？是我认识的人吗？”

我不禁稍稍期待起来。

“叶樱翔。”

然后再次怀疑自己果然是笨蛋。

“我说啊……”

“我并不是出自私人恩怨才这么说的，而是消除各种干扰项得到的结果。”

“你是用上次提过的超能力确认的吗？”

“还没对他本人试过。可是，切实去验证的话可能会发生不可预知的情况。”

“所以呢？”

“我打算追上已经离开学校的他进行调查，跟我一起来吧。”

“但愿不是白跑一趟。”

真是的，偏偏又是叶樱同学，这人究竟说了些什么啊？我再次感叹道。不过好好调查一番，就能清楚是黑是白了。

“而且只要和我以及这家伙待在一起，小蓝就不会有事。”

就算这个自称岬翼的人很可疑，跟他一起也比我和小蓝单独行动更好。

“你说了什么吗？”

所以我没有回复阿翼的询问，开始了行动。

“快走啦！”

○

各种疑点都无法解释，这种想法似乎浮现在我的脸上了。

“当我的保镖，确实很无聊呢。”

在行驶的车内，梓纱蓝大人对坐在她身旁的我如此说道。

“不，没有那种事……”

“毕竟盾无小姐原本是咲夜的保镖呢。”

所以她才认为我不想当她的护卫吗？

“现在保护梓纱大人就是我的工作，我绝不会感到不满。”

“这样吗？那就好。”

梓纱大人似乎真心实意地担心这一点，听见我的话后松了一口气。接着，车内陷入了安静。我当然没话要对梓纱大人说，于是沉默了。

“盾无小姐啊，关于这次的事情，你是怎么想的？”

过了一会儿，梓纱大人又抛出了话题。

“我觉得很怪异。盗窃事件之后，察觉不到对方的行动。”

确实不是梓纱大人的错觉。可我担任护卫后，没感受到任何跟踪狂的气息，简直像知道我成了护卫后故意避开了一般。

“跟踪狂之类的果然不存在吗？”

“不，应该存在的。不过他似乎通过某种途径知道我成了您的护卫，在那之后便不再做出任何动作。”

只能这样解释了。最大的疑问在于跟踪狂是如何得知我担任了护卫。如果有可疑的家伙接近梓纱大人，我应该会有所察觉。但好像让对方先察觉到，随即演变成了避开我的局面。

“决定护卫时，他位于立即就能得知这件事的地方吗？”

“这有点难以想象。”

如果犯人在场，那么从我接到小姐的电话到护卫行动开始这段时间里，他得知了这件事，并且不被我所察觉地撤退了。

“窃听这条线索呢？”

“这不可能。大小姐的手机自不用说，梓纱大人这边也没有被安装窃听器的迹象。”

因此我无法理解，难道对方是比我更高明的专家？既然如此，为什么会做出偷体操服这种容易败露的事？

“翼先生一定会替我解决啦。”

梓纱大人说出了更让我无法理解的话。

“会吗……”

“据说忘却社一定会在三天内解决委托人的烦恼。”

“照这样说，今天内就会解决呢。”

可我几乎不这样认为。理由并不是不相信传闻，而是因为我怀疑着那个叫“岬翼”的男人。

“盾无小姐该不会也曾见过翼先生吧？”

说实话，梓纱大人的话令我很惊讶。我完全没有把这种想法摆在脸上才对。

“似乎见过，又似乎没见过。”

所以我放弃掩饰，老老实实地坦白了，尽管不可避免地使用了这种暧昧不明的说法。

“怎么回事呢？”

“他应该是我认识的人，但内在完全不同。”

这也是造成我无法理解的缘由之一。

“那不就是其他人？”

“可能是吧。”

我也如此希望着。虽然是我一直寻找的人，与此同时却也是我不想见到的人。

“那么，如果你愿意，可以和我说说那个很像翼先生的人是怎样的吗？”

梓纱大人似乎察觉到我知道那个人。那人对我来说十分微妙，然而她还是如此问道，看来她对岬翼这个人的兴趣超过了其余的顾虑。

“怎么说呢……简单形容，就是一个愉悦杀人犯。”

我稍加考虑后如此回答道，因为他是一个除此以外难以形容的人。

梓纱大人随即愣住了，又迅速露出笑容。

“原来盾无小姐也会开玩笑呢。”

看来她并不认为这是我认真的回答。即便如此，我也不至于较真去纠正。

“您为什么觉得是玩笑呢？”

“如果你真这么觉得，那怎么可能允许咲夜和他共处？”

确实如此。也就是说在我的意识里，岬翼和那个男人并不是同一人物。

“梓纱大人真敏锐啊。”

“不，才没那回事。”

正当梓纱大人谦虚之时，我们似乎到达了目的地，车静静停了下来。

梓纱大人向她学习插花的教室走去。我目送她，再次整理起了现状。

可惜答案还是一样，各种疑点都无法解释，就连自己此刻思索的事情都不断变换着。因此，我决定先停下思考，静下心来，成为仅仅执行任务的机器，寻找接近梓纱大人的人。

○

“说起来，盾无小姐去哪里了？”

“她跟梓纱小姐走了。小姐好像有什么技艺课，她则作为保镖。”

“那就放心了。”

走出学校后，我们开始向叶樱同学家的方向追去。我不知道他家的位置，但阿翼认真调查过了。从这点看，阿翼果然像专业人员。

“他会在家吗？”

“那家伙今天似乎也有技艺课，是拳击的跑步练习。”

“啊，是这样。”

不仅是住址，阿翼似乎连叶樱同学的日常行程都掌握了。我还以为他毫无作为，原来已经深入调查过了。说不定他从一开始就怀疑着叶樱同学，只是没有提起罢了。

“找到了。”

阿翼如此说着，通过视线朝我示意了叶樱同学的所在之处。他看起来已经回过一趟家，换成了连帽衫，甚至围了头巾。气温已经接近夏天，真让人担心他会不会太热。

“那是所谓的减重吗？他还真是全身心投入在拳击中啊。”

我得出如此结论，但阿翼好像不这么觉得。

“那……不一定吧。”

阿翼没有回答自己的想法，而是说出了奇怪的话。

“我去调查一下，你看好我的身体。”

“什么？看好你的身体？为什么？”

阿翼继续对这个疑问不予置评，只是注视着叶樱同学跑步的背影。

一瞬间，我似乎……看见他们之间的地面流动着光线。

“咦？”

可我还没来得及确认，阿翼就倒在了我身上。

“等等，什……什么啊？这是……”

他的灵魂抽离了，大抵是这样的状态。我不得不支撑起这个被抽走力量的高个子男人的身体，陷入了无尽的疑惑中。

○

我确认自己进入了叶樱翔的“固有世界”。

我对继续跑步练习的“他”视而不见，因为我并不想面对他本人进行盘问。

虽然和刚才位于同一场景，这里却没有大小姐的身影。他应该完全没料到我和大小姐会找到这里来。

“他并没有戒备。”

确认这点后，我原路返回。这里竟然离学校很近，是心理作用吗？看来这家伙是对学校喜欢得不得了的那类人。我再次意识到，自己对此感到厌烦。

进入校区后，这方面的倾向更明显了，这家伙把学校视作自己的庭院。

我确信着这点，走向教室时注意到了房间后方的储物柜。那是大家用于储存杂物的小型柜子，并且上了锁，不过这种锁就比玩具强一点。

“嗯……”

每个储物柜上都仔细地写着主人的名字，并不会弄错，却不免让人担心起隐私安全。

我试着打开了梓纱小姐的储物柜。

“噢……”

没有上锁，毫不费力地打开了，但里面空无一物。

“奇怪。”

我没有得出任何结论，决定试着打开叶樱翔的储物柜。

同样没有上锁，这次里面放着体操服，并且是女款，不是这家伙的东西。

“这家伙真是神经大条。”

这样一来弄清了一件事，偷小姐体操服的人就是他。与此同时，我注意到了其他疑点——如果出于想要而偷窃，又为什么会放在这里？

“猜错了吗？”

正是没什么兴趣，觉得无所谓才会放在这里的。若是产生了罪恶感或不安，他应该会带回家吧。

我去往叶樱翔的座位后，又走向梓纱小姐的座位，却不知为何觉得两个座位很遥远。这样一来，事实应该恰好相反，这家伙其实是讨厌小姐的。

“虽然从一开始就觉得他性情有些扭曲……可到底是怎么回事？”

我确信自己产生了某种错觉。至于那究竟是源于何处，我通过思考回溯过去。毫无疑问，这家伙就是偷窃事件的犯人，但偷窃并非出于好感。那他是故意找碴？到底是为了什么？

“所以说，究竟是怎么回事啊？这是……”

在我找到答案前，思绪被响亮的声音打断了。

“大小姐？”

声音来自大小姐，但她显然不应该出现在这里。

“阿翼，你回来了吗？等等，这里是学校？怎么回事？”

从大小姐的话里，可以听出她知道我潜入调查的事情。叶樱意识中的她不可能知道这件事。也就是说……

“原来如此，大小姐也来到这里了啊。”

我只能这样想了。

“你说什么？”

不过，大小姐不可能立即理解这件事。因此我决定解释给她听。

“这里是那个男人的世界，即叶樱翔的‘固有世界’。看起来，你好像也拥有与我同样的能力‘认知介入’。”

“咦？我？”

# 第三章

## 重逢于忘却之后来临
## 后篇

“这里是那个男人的世界，即叶樱翔的‘固有世界’。看起来，你好像也拥有与我同样的能力‘认知介入’。”

“咦？我？”

说实话，我听不懂阿翼在说什么，但我很清楚自己正身处与上一秒完全不同的地方。

“这里是教室吧？”

我视野所及之处，的确是熟知的教室。

“不过是叶樱翔世界里的教室。”

“有什么不同吗？”

“不知道。毕竟我既不是大小姐，也不是那家伙啊。”

阿翼如此说着，便朝教室后方迈步，于是我跟了上去。

“总之，我已经知道了梓纱大小姐的体操服在哪里。”

“真的？”

作为回答，阿翼指了指某个储物柜，那上面写着叶樱同学的名字。

“这里？”

“打开看看吧。”

我想照他说的那样做，但手还是停了下来。

“擅自打开他人的储物柜，有点……”

“那好吧。”

阿翼没有丝毫犹豫就打开了叶樱同学的储物柜。里面的确放着女生的体操服，是不是小蓝那一身还不得而知，但绝不是叶樱同学的。

“也就是说，叶樱同学正是跟踪狂？”

我以为这样一来事件就算解决了，但阿翼的表情依旧阴沉。

“关于这一点……”

阿翼似乎还有什么难以表达的问题，他挠着头含糊其辞。

“怎么？这是小蓝的体操服，而且出现在叶樱同学的储物柜里，不就是那么一回事吗？”

阿翼原本就如此怀疑着，才会像这样潜入叶樱同学的世界进行调查吧。

“我想，如果他是跟踪狂，那应该会把体操服带回家好好保管。”

“的确如此。”

“反过来想，也就是说他并不想要。”

“怎么回事？”

“他想要的是‘被偷了’这个事实。”

“可是，教室里因为这件事骚动的时候，叶樱同学还特地站出来劝阻了。”

如果他有别的目的，我想他应该会企图将事情闹得更大。

“这件事，详细说给我听听。”

但阿翼似乎思考着与我不同的事。

“我想想。小蓝发现遭到偷窃，告诉大家后，在场氛围一边倒地认定那是她的错觉……”

我努力回忆，尽可能地将当时的事情讲述得更详细。

“霞之关同学说了些类似责备小蓝的话，我听不下去，正要和她争论起来……”

“叶樱翔出面阻止了吧？”

“嗯。”

“大小姐当时怎么看待他？”

“咦？没什么特别的，就觉得他是个好人……”

不过如果是他偷的，这就成了所谓的自导自演。可是这样做究竟有什么意义，我完全无法想象。

“原来是这样。”

阿翼好像有不同的见解。

“我们一直误解了！”

阿翼一脸严肃地看向我，语气也稍有加重。

“确实有误解，我居然觉得叶樱同学是好人。”

叶樱同学是为了能被他人当成好人，才去偷小蓝的体操服。我真为被欺骗的自己感到恼火。

“我不是这个意思。”

“咦？”

注视着我的阿翼有些可怕。不知那是因谁而起的怒气，他露出了至今从未有过的表情，看上去非常陌生。

“跟踪狂的目标不是梓纱小姐。”

“那是谁？”

阿翼并不回答，只是握住我的左手迅速跑了起来。

“得快点回到公园！”

“啊？等等，怎么回事？”

我感觉若是停下，胳膊都会被拉断，只能不明就里地被他拉着跑出了教室。走廊上有许多学生，但他们的脸都是光滑溜平的样子。

“大家都没有脸……”

看来叶樱翔这个男孩，只把其他的学生认知为“那边的某人”。想到这里，我不禁觉得真是完全看错他这个人了。

然而随后发生的事令我毛骨悚然，没有脸的学生们脸上开始发生变化。不仅如此，连穿着男生制服的学生们也逐渐变成了女生。

“继续刚才的话，难道说目标并不是小蓝……”

我看到视野中的所有学生都变成了某个特定的人物，而那个特定人物是谁简直一目了然。要问为什么，那可是我非常了解的人——

三仓咲夜，我本人。

“很遗憾，你猜对了。”

到达楼梯口后，阿翼一把将我拉到身边。

“等等！”

我还没从惊讶中回过神，就被阿翼抱了起来，是传说中的公主抱。

“忍忍吧，事态可能比想象中更糟糕了。”

阿翼抱着我，像飞起来一般迅速下楼。

“噫啊！”

他一眨眼就下到一楼，再凭那股劲从上下出入口冲到室外。

“糟了……”

阿翼的脚步停了下来。外面有许多学生，就这个时间段而言相当异常，并且全部人都是我。不仅如此，数量似乎还在不断增加着。

“发生了什么？”

“谁知道呢。可以肯定的是，此刻叶樱翔的脑海里产生了越来越多关于大小姐的念头。”

阿翼将我放回地面。

“为什么会那样？”

“或许是看见了灵魂被抽离般倒在地上的大小姐吧？”

这句话让我想起了倒在自己身上的阿翼。

如果阿翼是因为来到这个“固有世界”而变成那样，那我应该也陷入了同样的状态。

“那不是糟透了？”

正说话时，“我”还在不断增殖。原本稀稀落落的“我”现在几乎快将这一片填满了。这幅光景简直像周日的原宿，只不过所有人都是我。

“确实非常糟。”

此时连移动都变得极其困难。我都看在眼里。

“没办法了吗？”

“要返回原本的世界，必须先回到之前的地点。”

阿翼一脸不悦地轻声说道。对话间，“我”似乎又变多了，冲进人群中返回公园恐怕非常困难。

“现在是紧急情况，顾不得风险了。”

我看着阿翼，心想他会怎么做，突然发现他手里不知何时多了一个公文包，显得极其不自然。

阿翼弯下腰，将公文包放置在地上。

“这家伙是电影派吗？”

阿翼打开公文包，只见里面堆满了金属零件。他将手伸入其中，响起“咔嚓”一声，似乎是什么被固定住的声音。确认这点后，他抬起手臂，将公文包提到与肩同高的位置。原本是公文包的物体忽然覆盖在他的胸前，接着便延展起来，各个零件包裹至全身。等我回过神来，阿翼已经装备上了红色与银色相间的金属铠甲。（注：这里的场景源自美国电影《钢铁侠2》。）

“电影是指？”

我希望阿翼能说明一下发生了什么，但他再次抱起了我。

“抓紧了！”

与被握住手跑时完全不同，我有一种被抛向空中飞了起来的感觉。

“等下！我们好像在飞！”

不是下楼时那种仿佛在飞的感觉，而是真的在飞。

视野中的学校越来越小，无数的“我”也逐渐变成无法分辨出人形的黑点。很显然，发生了非常不现实的事情。

阿翼飞了起来，我被他抱着在空中高速移动。

“这到底是怎么回事啊？”

“略去详细说明，你就当是只有‘固有世界’里才能使用的隐藏绝招吧。”

虽然仍不太理解，但我暂且接受了。

“对了，我们要飞去哪里？”

“刚才我说过了吧？要离开这个世界，需要返回到来时的地点啊。”

“就算如此……”

这样一说我才回想起来，我到来时的地点不就是教室吗？

“等等，先回去！”

“回哪里？”

“我到来时在教室，所以应该能从教室回去吧？”

“或许吧。”

以超高速飞行的阿翼回旋着切换成返回学校的方向。

“闭上眼睛！可能会飞来碎片！”

“咦！”

我还来不及反应，阿翼就向逐渐接近的教学楼伸出左手，对其释放了光弹，教室墙壁上随即破了一个大洞。

“等等！教学楼毁了！”

“是那家伙的世界里的教学楼。没事的。”

于是我们穿过那个洞，轻轻地降落在教室内。

“这是我的教室？”

有好几个人随爆炸的气浪倒在地上。察觉到那些人正是“我”之后，我产生了一种难以言状的抗拒感。

“我说过需要返回到来时的地点吧。”

然而阿翼没有任何犹疑，他一定深知那不过是毫无意义的感伤。

阿翼按住太阳穴周围，随着“咔嚓”一声，覆盖在他脸上的铠甲不见了。接着，他环顾四周说道：

“是这里。”

随着阿翼伸手，那里出现了一道门。我心想，原来还有这种罗丹雕塑吗？（**注：奥古斯特·罗丹作品《地狱之门》。**）

“我不确定返回后会是怎样的状况……你注意和那家伙保持距离。”

虽然不知道是什么原理，但我似乎能通过这扇门回到原本的世界。

“嗯。”

目光接触时，我感受到了他的担心，于是尽量摆出看起来很有自信的姿态。

“我会立刻追上你。”

阿翼按住太阳穴，等脸再次被铠甲覆盖后便朝外跑，再径直飞走了。

“会立刻追上——吗？”

我目送着他的身影一点点变小，反复斟酌起这句话。等察觉到时，我已经把他视作了英雄。

○

失败了。

为了应对万一发生的不测，我让大小姐跟了过来，却没想到那家伙的真正目标就是大小姐本人。

后悔不起任何作用，但我还是不能控制自己陷入后悔。

“这一带真安静啊。”

降落在公园后，我就察觉到了异样。明明学校和街道到处都拥挤着“大小姐”，这里却空无一人。

不，只有一个人，那便是“我”，正失去意识愚蠢地倒在那里。从没有新伤口这点来看，显然叶樱翔早就发现了我，但完全没放在眼里。

“问题不在于‘我’，而是大小姐不见了。”

我触碰位于倒下的“我”旁边的一扇门。那是一扇触碰前不存在实体的、连接着原本世界的门。

推开之后，光涌了出来，我被淹没在光里，失去了对上下方位的判断。无论多少次，我都无法习惯这种恶心的感觉。

“呼。”

光消失后，我站在了与刚才相同的地方，却不再存在那个“我”。这代表着我回来了。

“迟了一步。”

大小姐已经消失了，叶樱翔也不见踪影。我能找到的只有一台看上去属于大小姐的智能手机，是叶樱翔为了防止位置信息被追踪而扔在这里的。

“明明承诺了会立刻追上，现在……很棘手啊。”

大小姐被叶樱翔带去了某个我不知道的地方——除此之外，很遗憾，我毫无头绪。

○

门的对面并不是公园。要问此刻我身在哪里，我才想知道。

我身处一片黑暗中，视线范围内只有一盏小小的电灯，是这个房间内唯一的照明，所以能凭视觉得到的信息非常有限。我坐在地上，能感受到类似混凝土质的地板。此外，若要形容更多关于自己的状况，那就是我的双手被绑在了身后。

如此状况下，我被忠告要保持距离的那个男子正与我共处。

“哎呀，看你一直没有意识，我可担心了。”

那个男人似乎仍然以为自己在我心中是好人形象。

“出于担心绑住一个失去意识的人，到底是什么道理？”

我极力试图沉着地指责他，却没能压抑住自己愤怒的情绪。

“万一你忽然狂躁起来，我会很困扰啊。”

“我已经恢复意识了，为什么还不替我解开？”

我自然不认为他会照我说的做，只是想知道他会如何自圆其说，仅此而已。

“我拒绝。”

可是与我的预想相反，他好像觉得不再有那个必要。他注视着惊讶的我，嘴角上扬。

“我认为，这种机会应该不会再有了。”

“什么意思？”

我完全无法猜到他的想法，甚至跟不上他说的话。究竟是我过于混乱了，还是他不正常，我就连这点都判断不清。

“那个女人是叫盾无小姐吧？虽然我没和她战斗过，但她应该非常强。”

“是吧。”

“所以很碍事。”

“那么你跟踪小蓝是为了……”

“没错，没错。毕竟你是个为朋友着想的温柔女孩嘛。我觉得你一旦知道她抱有不安，就算减少自己的保镖也会试图保护她吧。”

一切正如预料，他夸张地大笑起来。

“那个奇怪的男人接替盾无小姐出现时，我还以为自己要失败了。结果那家伙很弱，刚才也完全失去了意识，真是令人发笑。”

他假惺惺地笑得更大声了。当然，我完全没心情陪他笑。

“一点儿都不好笑。”

我刚说出口，他便立即僵住了。

“是吗？嗯，的确不好笑。那家伙被打得狼狈不堪还不停止调查，你也继续依赖着他呢。太奇怪了，要依赖的话也该选择作为同学的我吧？你快和霞之关同学吵起来时，站出来制止的人是我吧？”

“我倒是丝毫没产生过那种想法。”

实际上，我根本没选择要去依赖他。虽说制止吵架的事让我挺感谢他，但也许在我心里某处早就预感他是这样的人。

“真让我失望。”

不过，他似乎完全不在意我说什么，只是一个劲地继续自己的话。

“发现那个男人和你身体重叠着倒在地上时，我可受了不小打击呢。没想到，你居然是那种会和男人在公园发生不检点关系的人！”

“什么不检点？我和阿翼并不是那种关系。”

“对对，不是那种关系。不过是两个人倒在了同个地方而已，你并不喜欢他，对吧？”

他像是叮嘱般俯视着我。

“对吧？”

但没能从我这里得到任何反应，于是他再次问道。

“谁知道？直到昨天为止，我都以为他是个靠不住的家伙。”

“难道你还以为那个男人会赶来这里救你吗？”

他的声音里掺杂着怒气。或许是因为我没有如他所愿心生动摇，令他开始恼火了。

“没可能的。那家伙不知道这个地方，即使知道也无能为力。前不久，我单方面把那家伙打得有多狼狈，你不会忘了吧？”

确实如此。

盾无小姐暂且不论，即使阿翼追到这里，也不可能打败叶樱翔这个正值青壮又武艺超群的拳击手。我被拉回了这一现实。

进入“固有世界”后，我目睹了身着金属铠甲在天空飞行的阿翼。虽然我因此把他视作了英雄，但他也说过，那是只有在“固有世界”这一与现实相似而又不同的世界里才能使用的隐藏绝招，他在现实里并不是英雄。

“现在是什么处境，你终于理解了吗？”

叶樱翔似乎读出了我内心的沮丧，开心地宣告着。

“但是为什么？我知道你觉得盾无小姐很碍事，可就算如此，为什么要把失去意识的我绑来这里？”

我知道他想和我拉近距离，但他居然用这种方式达成目标，实在让我无法理解。

“也许这就是男人在恋爱中的直觉吧。我觉得这样下去，过不了多久你就会喜欢上那个男人。”

“重点不在这里，我是指你应该更堂堂正正地……”

叶樱翔瞪着我，阻止我说出接下来的话。他的表情里充满了愤怒，而我从他的眼神里还感觉到了某种冷漠。

“我堂堂正正告白了，你就会和我交往吗？”

答案是否定的，并不是因为已演变成了眼下的状况。即使维持着昨天的状况，我也绝不会想和他交往。

“也是啊。我知道的。”

不用我说出口，他好像就明白了。面对不再说话的我，他单方面继续说着：

“我一直注视着你，所以非常了解你。就算我告白了，你也不会同意交往。你明明也很清楚这点，还想让我堂堂正正做什么？正面进攻不会带来任何结果吧？”

“那就该放弃。”

为了不输给他，我说出强硬的话。

“喂，你还真会说残酷的话啊。没可能实现，所以要放弃？如果你被朋友咨询恋爱问题，也会说这种话？哦，尽管我都不算是你的朋友。”

他好像又搭错了哪根神经，咯咯笑了起来。

“要说放弃，我已经放弃了。放弃被你喜欢的可能，以及我接下来的人生。”

“什么意思？”

“我决定为这份恋爱而死。这份恋爱啊，与其让我放弃，不如让我死了更轻松。察觉到这点后，我改变主意了，就用寻死的勇气放手一搏吧。”

他缓缓走近，来到我所坐位置的左边。

“接下来，我要抱住你。噢，不过我要做的大概不是合乎‘抱’这种浪漫词汇的行为吧。毕竟这可是我一生一次的恋爱呢，我偏偏要这样说。”

他在试图唤起我的恐惧吗？还是单纯地倾诉着真实的感情？我连这点都开始分辨不清了。

“我明天就会被逮捕吧。虽然想带着你四处逃亡，但我不认为你会乖乖配合。我要不了多久就会被逮捕吧，可能不是被警察，而是被你家的某个成员。那样一来，我遭受的后果应该比死还要可怕。”

“你明知道这些，为什么还要做这种事？”

“你真是一点儿也不懂啊。我不是说了要为这份恋爱而死吗？能达成我心愿的方法只剩这个了。所以……”

我以为叶樱翔只是单纯停顿了一下，他却忽然侧身凑近，紧盯着我的脸。

“之后的事情，怎样都无所谓吧？”

简单来说，他已经自我放弃了。置各种牵绊于不顾的他，接下来的行动似乎已经无法阻止。

这意味着我陷入了束手无策的绝境。从他的目的来看，纵使我再激烈反抗也应该不会被杀，但他会毫不犹豫地伤害我。如果我踢他，他或许会直接把我的腿折断。

“你不反抗了？”

叶樱翔慢慢地靠近我。由于我对此不做任何反应，估计他以为我已经放弃了。

“你希望我反抗吗？”

所以我告诉他完全没那回事。

“直到刚才为止还是不希望的，但我现在觉得那样也许很好玩。”

可这对他来说不过是兴奋的燃料。

“人渣。”

“你尽情抵抗也无妨，朝我骂什么脏话都无所谓。反正你已经没有得救的可能了。”

叶樱翔的话让我无言以对。于是他笑着站在了我的旁边，把手放在了我肩膀上。

“你很聪明。继续这样无动于衷，我就无法得到更多了。”

我并不是考虑到这一点才保持沉默的。

“不放弃，但也不反抗，确实是不错的选择。可是啊……”

叶樱翔抓住我衣服的前襟，猛地提了起来。

“这样一来，我啊，堂堂一个我不惜舍弃人生也太不值得了吧？”

他的脸就在眼前。我感觉到他的呼气正对着我的脸。

“唔。”

于是我动用尚能自由活动的膝盖朝他的腹部撞去。虽然没法造成多大伤害，但他似乎没有防备，短短地呻吟了一声后又揪起我。

“噫啊。”

最终，我一屁股重重地摔在地上。

“很能干啊。在那种姿势下还能动用膝盖攻击，想不到你很强啊。”

叶樱翔与倒在地上的我稍稍拉开距离，朝我的头部方向走了过去，看来是戒备我还能自由活动的腿。他已经很强了，这种谨慎再次让我感到恐惧。

“来啊，继续反抗啊。”

叶樱翔似乎打算不断挑衅，直到我接受自己已无计可施。

不会有人来救我，无论我怎样反抗也只是徒耗时间。哪怕花上三四天看着我在这里逐渐虚弱，他也完全做得出。

“你想被反抗吧，我不会再做任何反应。”

“是吗？那我就必须想些会让你反抗的事情。”

说着，叶樱翔从口袋里掏出了手机。

“机会难得，全部录像留念吧。”

手机的屏幕光从下方照亮了他的脸。我能看见他触碰了几下画面，但具体进行了什么操作就不得而知。

“大家看见这个视频时，我一定已经被逮捕了。至于为什么会变成那样，我决定把经过都录下来请大家观赏。啊，不过内容相当刺激，讨厌这类视频的人要谨慎哟。”

他忽然转变为对第三方说话的口吻，我就知道录像已经开始了。随后，他将摄像头对向了我。

“请看，躺在地上的这位是就读于某所贵族学校的三仓咲夜小姐。我现在要抱这个女孩。因为没能得到她的准允，这或许会成为一个厌恶感满满的视频，这点也请观众自负责任。”

我用尽全力抑制自己对此做出反应。一旦我试图有任何行为，都会成为他的兴奋燃料。我很清楚这点。

“奇怪，她过于恐惧而不省人事了吗？”

说着，叶樱翔仅隔开一点距离，围绕着我走了起来。

“哎呀，从这边看裙摆往上掀起，几乎能看见内裤了。”

我听见这句，才知道他只是在尝试寻找有趣的拍摄角度。

“就这样掀开吧。大小姐究竟会穿什么样的内裤呢？我想大家应该也很好奇吧。”

叶樱翔已经完全摆出了解说员的姿态，可这也不过是企图煽动我对此做出反应的演技。

“既然她本人也不喊停，那么机会难得，一起看看吧。”

我紧闭内心，试图无视所有听见的话。即便如此，腿上还是传来了裙子被掀起的感觉。紧接着，我的身体不可抑制地颤抖起来。

“还差一点儿……差一点儿就能看见了，大家！”

或许是感知到了我的颤抖，叶樱翔故意放慢了掀裙子的速度。他在等待我喊出一句“停下”，然而我没进行任何制止，因为我知道那样就如他所愿了。

“要看见了，没关系吧？”

就在此刻，我似乎听见轰隆隆的声音，光线随即涌了进来。我因此目眩，却也立即知道有谁来了。

“我来晚了。抱歉，大小姐。”

一听声音就知道是阿翼赶来了。

“阿翼……是你吗？”

我的眼睛渐渐习惯了光亮，终于知道自己身处某间车库中。由于逆光无法看清来者的脸，但站在那里的人的确是阿翼。

“为什么会找到这里……”

仅凭声音，我都能清晰感受到叶樱翔的恼怒。

“涉及企业机密，容我不予作答。”

阿翼回应他时，语气里带着十足的嘲弄。

“算了，无所谓……”

可能正是阿翼的语气让叶樱翔冷静了下来。

“反正就算你赶来这里，事情也不会有任何转机。”

叶樱翔不再看阿翼，再次注视着我笑了起来。

REC

“不仅如此，还会变得更悲惨吧。伤员再增一名，你被侵犯的样子还会被那家伙目睹。不好，居然说成侵犯，真下流啊。”

“依我看，你只是吐出了真心话。”

我狠狠地回瞪着他。并不是不再害怕了，我只是不想再露出害怕的神情。

“真敢说啊。”

但对于叶樱翔来说，哪怕我摆出这种态度，都是令他愉悦的燃料。

“不用担心，我不会再允许那家伙做任何事。”

不知何时，阿翼已经站来了我的身边。他没有发出任何声音与气息，就连叶樱翔都为之一怔。

“你还真是只擅长隐忍潜行啊。”

叶樱翔切换成了临战阵势，姑且防备着，用弹跳保持距离。

“潜行而已，倒也没有你说的那么擅长。”

阿翼见状也摆起了架势。他的姿势仿佛叶樱翔的镜中人一般，同样是拳击风格。

“你也练拳击？”

于是，叶樱翔的紧张感明显缓和了许多。我想那是因为他确信着，同为拳击手，自己的实力一定更强。

“毕竟现实里的我不是英雄，也没办法从公文包里拿出强化铠甲。不过……”

阿翼的右拳狠狠地捶向了叶樱翔。

“即便如此，你也不一定总是能赢。”

和之前一样，拳头攻击被叶樱翔轻轻往后一闪便避开了。

“不，我一定能赢。你的拳头根本伤不到我分……”

叶樱翔话没说完就停下了。再看向他的脸时，他的鼻子已经流出了血。

“你说我的拳头怎么了？明明应该避开了五毫米却仍然被擦伤，吓到了吧？”

阿翼的话透露出那些鼻血源于他的攻击。

“侥……侥幸而已。”

叶樱翔用右手擦拭鼻血，又稍稍往后跳了一点儿。与刚才说的话相反，他明显加强了对阿翼的警戒。另一方面，阿翼并不拉近距离，开始说起了什么。

“说实话，我最厌恶的就是你这类人了。厌恶到初次见面就认定了你是犯人。不过，那样一来好像仅仅出于厌恶就断定了一般，我还劝诫自己这么做不太对。”

“你厌恶我又怎么样？我在班里多受欢迎，喜欢我的女人数不胜数！”

“就是这种地方啊，这种地方。因为支持者众多就认定自己正确的家伙，我很讨厌。”

“所以说，那又怎么样啊！”

“上一次，我可是压抑着愤怒没有痛殴你。”

阿翼用尽全力握紧了右拳，身体也随之颤动。

“就算我厌恶你，也不能仅仅出于怀疑就让一个前途光明的年轻人一蹶不振。老实说，你在拳击上的才能的确出类拔萃。认真修行的话说不定能拿世界冠军。”

“那输的果然还是你吧！”

叶樱翔主动攻了过来。刚以为他要拉近距离，不知何时居然从左边使出了刺拳。

“避开了？”

我听见了他诧异的声音。

“刺拳这种招数，等到看清就避不开了，这早已是常识。可是啊，如果知道会攻来，就毫无疑问能避开。”

阿翼提起右半身摆出了攻击的架势，与其说是拳击，不如说是空手道。对于能以毫米为单位精准避开攻击的叶樱翔，这无疑是再浅显不过的信息。

“咳！”

然而阿翼的拳头还是击中了叶樱翔的腹部。

“看你一脸不明不白的，我就说明一下吧，毕竟这并不算企业机密。”

说着，阿翼抽回了右拳，使出了显而易见的右直拳，叶樱翔却仍然没能避开。这次是脸颊受到攻击，他就此倒在了地上。

“你啊，仅仅只是把拳头‘扔出来’罢了。或者说是将名为拳头的子弹打了出来，这样讲会容易理解吗？所以我能根据初始速度判断如何避开。可是所谓的拳头，在实际上打出来之后也是和手臂相连的。"

"你到底在说什么？"

叶樱翔发出愤怒的嘶吼，晃晃悠悠站了起来。

"既然知道你会闪躲五毫米，那我的攻击就再深入五毫米，仅此而已。"

"不可能！你怎么可能知道我会避开五毫米？更何况，上次你像样的攻击只有一回！"

"因为只要一回就足以看透你的闪避方式了啊。你没想过这种可能吗？"

阿翼的话让叶樱翔的动作完全停滞了。

怎么可能——我知道叶樱翔一定在这样想，仿佛听见了他心中堆砌至今的自信崩溃瓦解的声音。

"既……既然如此，为什么那之后都没避开？"

这声呼喊，可能是叶樱翔用来提醒自己绝不能认同，阿翼却回应了他不知带有几分真心的话：

"这是企业机密，不能说呀，少年。"

"开什么玩笑！"

伴随着怒气，叶樱翔发动了攻击。可我刚这么认为，发现他的动作又停滞了

"刺拳？"

到目前为止，仅用右手攻击的阿翼像是使出了刺拳。因为我没看清，只能说"像是"。

先发起攻击却先被击中的叶樱翔停下了脚步。

“那么，配合你的作风，我不会再手下留情了。”

接着，阿翼的话让叶樱翔无语了。

“我不会再手下留情了，”阿翼仿佛在说自己一直没出全力。面对亲口认同有能力拿世界冠军的对手，却配合对手的作风手下留情，通常是不可能的吧。

“警告你一下，我的作风是有仇必报。关于下次攻击，你先做好相应的准备吧。”

看阿翼摆出的架势，比起拳击更像是空手道。他两手架在前方，非要说的话就是更重视防御。

“毕竟这次可不仅是痛了。”

“如果没办法小幅度避开，彻底拉开距离躲避不就好了。”

叶樱翔像是自言自语般说道。

“不错的着眼点。你果然是有才能的啊。”

“我不会再进入你的攻击范围，要从外侧把你击溃。”

意思是使用远距离战术，因为叶樱翔原本就擅长出拳后迅速撤离。从对方攻击范围外发起攻击，在反击前逃离，重复这样的行为以消耗对方的体力和精神，他是打算用这招吧。

叶樱翔一蹦一蹦地以阿翼为中心画圆弹跳，阿翼则没有特别的举动，只是静静地站在那里。叶樱翔没有立即发起攻击，虽然他认为用远距离战术能赢，但对待阿翼还是相当谨慎。

“站那么远，是想把我点燃吗？”

被如此戒备着，阿翼居然再次挑衅起他。

“这就做给你看！做给你看！”

叶樱翔站定在阿翼的左前方，猛地使出了刺拳。就在这一瞬，他的身体忽然向后方飞去，借着那股劲直直撞在墙上发出沉闷的声音，稍稍弹起后跌倒在地。

“只要你试图发起攻击，就必然会进入我的攻击范围。”

阿翼好像说了什么，但叶樱翔肯定没听见。

“唔啊啊啊啊！”

迟来的疼痛令叶樱翔发出惨叫，他两条手臂都骨折了。

“作为附加服务，我会帮你叫救护车。毕竟你那双手应该很难再操作手机了。”

阿翼用言语再次施以攻击。

“呜呜呜呜……”

不知道是出于彻底败北还是骨折的疼痛，叶樱翔哭了起来。

“我只是一时邪念，并没有真的想对三仓做什么。”

接着，他不知是对谁开始了辩解。

“原谅……请原谅我……”

“他这样说，该怎么处置呢，大小姐？”

阿翼一脸诧异地问起了我。

“我不会再做这种事了！再也不会和三仓说话！所以……所以请忘了今天的事情……拜托了！”

在我犹豫时，叶樱翔不知对谁持续说着类似忏悔的话。我知道他在说话，内心却很抗拒理解其中的含义。

“怎么处置呢？”

即便如此，阿翼似乎希望由我来决定该怎么办，抑或是单纯地没心情再搭理叶樱翔了。

阿翼解开我手上的绳子，随后轻轻起身，站在我面前朝我伸出了手。有些许服饰的影响，他看起来真像我的管家。

“我可以决定吗？”

“我想说的话都说完了。”

我借阿翼的手站了起来，朝依旧倒在地上哭泣的叶樱翔走去。他还在自顾自地说着，可我已经听不清楚了。

“我绝不会忘记，也不会原谅你！”

遭受那种事情的我，不可能说出任何原谅的话。叶樱翔抬头看我，先是惊讶，又露出了满脸绝望。

“你应该知道吧，我绝不是会那样做的人。”

○

意外地，大小姐似乎没受太大打击，但我这样认为会不会有点草率了？

从叶樱家的车库出来后，我一边走一边观察大小姐。我刚才还在想别再提这件事更好，可这种担心或许是多余的。

“这么晚才来救你，对不起。”

“咦？”

她有些像故意使坏般反问道。

“哎呀，我是说太晚来救你了。”

“啊，嗯。这种事情，赶上了就没问题吧。”

“这样啊。”

我有些犹疑，不知该说些什么才好。

“我才是的，忘记对你说了。谢谢你救了我。”

“这倒不必，因为是我的工作呀。”

“可委托人是小蓝，我只是顺带的吧。”

“是这样吗？”

我从一开始就觉得不太对劲，而且交给我制服，对我下这样那样指示的都是大小姐，我不知不觉把她当成了委托人。

“说起来，你是怎么找到那个地方的？果然是企业机密？”

“啊……大小姐还记得学校里不断增殖自己的场景吧？”

“飞起来时也看见了不得了的数量呢。”

“我到达公园后，却发现没有人在。于是，我想那大概是他希望能不被人察觉就回到家里的心情的具象化。所以我从天空往下望时，轻而易举地看见了一处没有任何人的空间。”

“就是他家的车库？”

“正是如此。”

大小姐看上去真的没受到打击，还有些开心。

“说实话，其实还有更快的方式收拾局面。”

“啊？”

“让叶樱忘却大小姐，就能立刻解决这件事了。”

“那样做很危险吧？”

“因为那家伙心中充满了关于大小姐的妄想，如果我那样做，他的世界本身可能会直接崩塌。”

“毕竟他甚至还说过比起世界和未来，我更重要这种话。他的世界确实可能会整体崩塌呢。”

我能想象大小姐听到了多么不像样的话，所以我停止了对这个可能性的深入探讨。

“也是啊。”

我仅用简单的一句话肯定了大小姐所说。接着，她好像感知到了我的顾虑，也不再说话了。

“那家伙现在大概已经平静下来了，我这就去让他从心底忘却大小姐。虽然他保证不会再做任何事，可还是忘却掉比较好吧？”

沉默太过煎熬，于是我将思绪放回工作上。

“确实如此，我可以一起去吗？”

“但那种场面并不利于青少年身心健康成长。”

“我大概能想象到你要做什么。”

“是吗？那不用特地去看也没关系吧。”

“可是这次的事情，我觉得必须要亲自接受才行。”

“真坚强啊。”

我发自内心这样觉得。

“正是因为不安，才觉得该这样做。”

大小姐好像怀着不同的想法。

○

“大概能想象到”，我想当然地说了这种话，可想象果然与现实存在巨大差异。

那里是公园，是叶樱翔“固有世界”里的公园。在我失去意识的地方，出现了“我”。在他的心里，时间肯定倒回了之前。

由于要将他把失去意识的我带回家这件事抹消，所以“我”仍在这里。

大雨倾盆而下，或许正宣泄着他内心的悲伤。非要说的话，想哭的人应该是我，因此我没对他感到任何同情。

“这就是你想看的我所谓的工作。”

阿翼握着枪架在手臂上。和拿公文包那时一样，枪也是不知何时出现的。

连倾盆大雨也没能淹没的枪声响彻在我耳边。接着是扑通一声，我看见“我”倒下了。

“果然忘却……是这么……”

“我”一声不吭，静默地消失了。

我目瞪口呆地接受了这件事。

阿翼的工作就是如此，从犯人的“固有世界”中将委托人抹除。所以他才会那样训斥我，说不可以轻易指使他使用这份能力。

这是无法挽回的事，我终于明白了这意味着什么。

“没事吧？”

“嗯。”

我受到了冲击。毕竟目睹了自己被抹除的场景，怎么可能不受冲击？但相比冲击，我感受到阿翼为我担心的这份温柔，更一时失语。

他至今重复过无数遍这样的事吧。每次帮助来到事务所的委托人后，他都会这样抹去其记忆。因为他承诺会帮助困扰中的人，帮助的方式就是如此。

“把大小姐心中的那家伙也抹去吧？”

阿翼这样询问我。或许因为这次对象不是我而是叶樱同学，我并不会觉得那么受伤。但就算是在“固有世界”，我也不希望他为了我再下手。

“没事，不用那样做。”

“但是……”

“你忘了吗？我说过不会忘记也不会原谅吧。”

我决定以这句话作为理由，却有些悲伤，不知自己有没有撒好这个谎。

“是有这回事。抱歉。”

不过，阿翼笑着，似乎接受了我的说法。

○

回到现实后的我与小蓝会合，报告了事件的过程。等到她上完技艺课时，天已经完全黑了，可也没办法。

“抱歉，让小蓝替我遭了那么多罪。”

阿翼结束说明后，我终于说出了一直憋在心中的话。

“不，做错事的不是咲夜，只是……”

“什……什么？”

“我觉得，咲夜应该对自己的魅力再多一些自觉比较好。”

“我的魅力？”

她在说什么啊？我真心感到疑惑。

“我想我应该说过，被盯上的人不是我，而是咲夜的可能性更大。”

“有吗？”

我隐隐约约记得被这样说过。

“关于这点，我会渐渐提醒你认识到。总之这次能解决，真是太好了呢。”

小蓝似乎发自内心那样觉得，果然千金大小姐就该是这样的吗？我再次意识到与她的差别，稍微有点受伤。

小蓝邀请我一起吃晚餐，但我以回家为由和阿翼一起去了新宿。因为我还有一些话想对他说。

“话说回来，阿翼很强啊。”

我用尽量平稳的口吻说出，但他的强悍完全不是这种轻描淡写能形容的。说实话，我无法估量他有多强。面对叶樱同学的攻击，他瞬间就能反击并打飞对手。回忆起来，我仍然想不明白他是怎么做到的。

“说起来，我的本职工作是私家侦探，多少得会做一些粗暴的事。”

他居然用“多少”来形容。假如仅称为“多少”，那他的职场会是多么无法无天的地带，简直无法想象。

“你明明这么强，却被盾无小姐轻易制服了。”

“因为她很强啊……而且我当时不应该反抗。”

“盾无小姐有那么强吗？”

“放在公开的格斗技世界里，她应该属于顶端人物。”

“也就是叶樱同学的级别？”

“是叶樱翔的终极形态的级别吧。比全盛期的迈克·泰森还强哟。”

“你说的这个人是谁？”

“前重量级拳击冠军。”

“那可强得离谱啊。”

虽然我一直把盾无小姐视作可以依靠的人，但没想过她有那么强。

“所以，我说啊，阿翼。”

我不再继续那些根本无关紧要的对话，想将话题转向无论如何都想问的事情。但也许是由于紧张，我问不出来。

“怎么了，真不像你啊。会把内心的话直截了当地说出来，这才是大小姐作风吧。”

我有同感，但被阿翼这样戳穿还是有些失落。

“我想说……我可以再去事务所玩吗？”

是多亏他戳穿吗？我终于说出了想说的话。

“不行。”

阿翼没有丝毫犹豫就拒绝了。

“为什么？”

我问道，其实心里已经知道答案。

“因为那个地方是为真正困扰的人存在的。”

接着，他给出了我意料之中的答案。可是被明确地拒绝，我很受打击。

“我不添乱就没关系吧？”

面对我的追问，阿翼没有回应，只是注视着我的脸。

“大小姐已经察觉到了吧？”

我的心猛地一怔，因为我很清楚他话中的含义。

回顾起来确实很奇怪，关于忘却社的传闻明明那么多，却没有一个人知道详情。最初我也以为那些仅仅是传闻而已，然而忘却社真实存在，阿翼也的确帮助了我。绝对还有其他被他帮助过的人，却没有人记得这件事。

没有任何人记得，原因则是……

“那么，你应该知道说这些话是没用的。”

阿翼这么说着，而我不愿意接受。

“你明明知道，可摆出了不愿意接受的表情啊。”

“我不懂，阿翼为什么要做这些事？”

“刚才说过了吧，那个地方是为真正困扰的人存在的。”

“阿翼觉得这样就好吗？”

“怎么？你难道想说，难得认识了可爱的女高中生大小姐，之后也要继续友好相处？”

他戏谑地向我问道。再怎么样，我也无法一笑置之。

“阿翼！”

“刚才那句是我不好。”

面对我的指责，阿翼坦诚道歉，但他的想法没有随之转变。

“要做收尾工作了，一起来吗？”

我明白这是他最大限度的让步了，所以决定不再抛出问题让他为难。

“嗯。”

阿翼站在我的面前看着我，紧接着，我感觉光芒涌了过来，失去了对上下方位的判断。

“这里是？”

回过神来，我显然处在某个非现实的空间之中。白色地板无边无际地延伸着，除此之外只有一扇门，门的周围旋转着灰色的双重螺旋。

“据前任社长说，这里被世世代代称为‘钥匙的世界’。”

通过他的说明，我才注意到灰色的双重螺旋原来是由一对黑白钥匙组成的。

“这里有着全人类的钥匙，但重要的往往是那七十亿分之一的钥匙。”

阿翼伸出手，双重螺旋随之更快速地转动，不一会儿却停滞了。

“我总是小心翼翼，因为钥匙仅有这一对。”

阿翼握紧停留在跟前的钥匙，朝门走了过去。

他将白色钥匙插入门中央，随即响起巨大的“咔嚓”声。光从门缝渗了过来，我想那里一定连接着某处。

“走吧。”

阿翼打开了门，原本只是从门缝渗出来的光瞬间将我们淹没，我再次失去了对上下方位的判断。重新回过神来时，我站在了“原处”。但实际上并不是原来的地方，而是“固有世界”中的“原处”。

因为是“原处”，那里还存在着身处“原处”的人——我，以及阿翼。

“这里是我的世界……对吧？”

不需要确认，我已经了然于心。我知道这里是我的“固有世界”，也知道我们来这里的目的。

“嗯。”

阿翼是为了抹除这个世界里的“阿翼”而来，是为了从我的内心把对他的记忆抹去。

我很明白。不仅明白，也希望自己接受。但果然错了。

“如果你打算让我忘记，那为什么还要带我过来？”

这是连我自己都觉得不讲理的措辞。让他困扰，让他这样做的明明是我，虽然我都明白，但还是觉得不可以这样。我忍不住这样想。

“因为我感觉到了，大小姐是想试图接受的。”

我的确那样想过。若连自己都不知何时被完成这项收尾工作，我会更抗拒，可是像这样目睹也让我很抗拒。

“还有另一件事，也是企业机密，就告诉你吧。”

我看见阿翼的手中露出了黑色的光，突然出现了一把很大的枪。

“我不怎么在委托人面前展现能力，就是因为这项收尾工作会变得麻烦。”

越是被委托人信任，他在委托人“固有世界”中的重要性就会越巨大。不仅如此，越是知晓他的强大，那个世界中的他就会变得越强。

“就是这么一回事。”

总是漫不经心的态度，让人觉得无法信赖的言语，那些行为都是为了这一刻。

因为无论何时，他的工作都是以不会再次相见作为前提的。

“为什么？”

他为什么要那样做？我来不及问出这句话，枪声就响起了。

是阿翼射击“阿翼”的声音。枪击引起的冲击波袭来，我当场便倒下了。我感到意识越来越远，与其说是直接的疼痛，不如说是“阿翼”从我的世界里消失的疼痛。

“永别了，大小姐。像我这样的人，还是不要出现在某人的日常生活里更好。”

阿翼只留下这句话，就从我的世界里消失了。

“这种事……太残酷了，阿翼……”

我刚产生这个念头，便完全失去了意识。

○

回过神来，我发现自己身在人潮之中。

“奇怪？”

有种很异常的感觉。我很清晰地感觉到刚才在做什么，却怎么也想不起来。

通过手机确认过去了三十分钟左右，时间在不知不觉地溜走了。我明明知道这一点，但怎么也想不起之前在做什么。

“怎么回事呢，这是……”

难道是双重人格之类的吗？在我身体里存在另一个我，直到刚才都是那个我拥有主导权。

“不可能吧？”

我查看手机的日程管理，那里没有标记任何内容。我继续回想，发现近几天的记忆都很异常。

“我好像才见了某个人……是小蓝吗？”

我给小蓝拨去了电话。虽说询问她“我刚才在做什么”实在太可疑了，但她应该不会把我当成傻瓜愚弄取笑吧。

“我记得你好像说有什么要紧事。”

小蓝确实没有愚弄我，可她好像也处于类似的状况，同样觉得记忆很模糊不清。

“究竟是什么事呢？”

实在是非常异常的状况。我向小蓝询问自己最近忙着做什么，发现我们似乎陷入了相同的困境，彼此都声称不清楚状况。

“‘想不起来’这句话倒是让我想起了什么。”

小蓝说出了其他奇怪的话。

“嗯？”

“你听说过忘却社的传闻吗？”

“忘却社……”

不知为何，我仿佛听过。

根据小蓝的说明，那似乎是一间帮助陷入困境的人，做着类似侦探业务的公司。正如业务内容所示，那是只有真正困扰的人才能找到的、类似都市传说一般的地方。

“位于某栋十二层大楼的第十三层……确实很有传闻的感觉啊。”

“现在还不困扰，但有机会的话真想去看看。”

“可必须要困扰才行吧。我还是算了。”

明明是随口说出来的话，不知为何，我感觉心痛了起来。

“怎么回事？”

不仅如此，眼泪也涌了出来。不明缘由，我非常悲伤。究竟是什么让我如此悲伤，我毫无头绪，眼泪停不下来。

“居然在这种地方大哭，你被男朋友甩了吗？”

随着这个问题，一条手帕出现在我的视野里。

“不是！应该不是的。”

我慌忙擦起了眼泪，随后看清了递来手帕的人。

那是一位气场很强的女子。她是个惊艳到令人感叹的大美女，却留着非常糟蹋美貌的奇怪发型。就整体而言是长发，但怎么看都像被剪刀胡乱修剪过，那种不整齐感很让人在意。

“什么叫应该？你这人，真是在说奇怪的话啊。”

“我也不太清楚。”

“那么根本不必否定或是辩解。”

那位女子轻笑了起来。

“总之，在这种人来人往的地方哭泣太不冷静了，好好擦擦眼泪吧。”

接着，她再次将手帕递给我。我不太确认眼泪是否还在往外涌，但还是用手帕摁住双眼，稍稍平复了一下心情。

“啊，抱歉。我洗干净再还给你。”

这时我才注意到，用自己的手帕擦眼泪就好了。

“送给你了。”

“咦？但是……”

“反正是我从别人那里拿到的，我对它没有特别的依恋感。”

听她这么说，我看向手帕，它是藏青色的，从设计上能看出是男性用物品。

“这样啊。”

就算如此，也可以送给素不相识的人吗？

“不想要的话，在回去的路上扔掉也无所谓。你应该会觉得来自陌生男人的物品让心里很不舒服吧？”

这话让人听不出有几分真心，我不禁犹豫该怎么回答才好。

“啊？”

就在我犹豫时，她不知消失去哪里了。

明明是那么引人注目的人，一旦混入大都市的人群中，想追踪到似乎也不太可能。

○

十二层大楼的第十三层，那里原本是不存在的地方，因此听不见任何噪音。

我躺在事务所的长椅上闭着眼，仿佛飘浮于空无一物的空间，竟产生了不安的思绪。就像忘记抛锚的船晃晃悠悠地飘向未知境地那般担忧着。

“怎么了啊？”

忽然响起了“咚咚”的脚步声，是弥理走了过来。

弥理这孩子，通常无论我们怎么述说，她都不会明白，但有时不需述说，她也能感知到。

不必说，她也感知到了我的消沉。

“好像有点累了。”

“那该吃甜食了呢。”

“你要是帮我买来蛋糕就好了。”

我原本没有精神说这些顾及她心情的话。

“或许是因为时隔已久遇见了能进入他人世界的人类吧。”

我似乎在说服自己。我并不是在意大小姐的品格，而是将她视为拥有同样能力的人类，因此产生了共鸣。实际上确实有这种因素吧，毕竟是与前任社长诀别以来初次遇见这样的人。

“才不是呢！”

不知出于怎样的逻辑，弥理忽然叫出这一句，生起气来。

“唉，原来不是啊。”

虽然不知道她指的是哪件事，但我想一定就如她所说的。因此我轻抚着她的头，试图让自己平静下来。可能是找回了些许思考的心情，我察觉到了至今为止都没想过的事。

“如果能亲自进入自己的世界……”

虽说是与我同行，但大小姐进入了她自己的世界。这样一来，我应该也能进入自己的世界，假设在那里抹除大小姐……

“不，不行吧。”

要说可不可以，应该是可以的，但没有那样的选项。

“必须从心底接受。有些事情就是这样的。”

我应该这样做才对。即便已经想通了这一点，可也许因为疲劳，我完全提不起精神。

“要膝枕吗？”

弥理说着，在我躺着的长椅上坐了下来。

“疲劳时，睡觉最管用。”

“也是啊。”

哪怕无法忘怀，但睡眠或许能一点点治愈伤口。

弥理的膝枕有些单薄，绝对算不上舒服，但我很快睡着了。

果然累了啊。

隐约听见一些动静后，我醒了过来。

事务所内已经充盈了明亮的光，我才察觉到原本只想眯一会儿的自己居然沉沉地睡了一觉。

“有客人吗？”

耳旁传来的动静更令我在意。如果有人造访，我必须去接待才行，因为我是忘却社的社长代理。

“嗯？”

可又并不像是来客。弥理似乎和某人愉快地打扫着，她不可能积极打扫，所以能推断是某人先打扫起来，她才提出要一起做。

问题在于这个某人是谁。通常只有对困境束手无策的人才会来到这里。即使我在睡觉，有困扰的客人也不可能主动打扫起卫生。

“为……为什么？”

在不可能的地方发生了不可能的事。我发觉眼前是怎样的光景后，猛地站了起来。

“早上好，阿翼。”

站在那里的是大小姐。她怎么可能会来到这里，甚至还记得我的名字？

“为什么？”

所以我重复了相同的疑问。

“我觉得这间事务所稍微有点脏，不太适合用来迎接困境中的人。”

“我不是在问这个。”

我想知道的是为什么大小姐还记得一切。她应该知道这才是我的问题。

“早上，我一睡醒就记起来了。”

大小姐并非故意装傻，她似乎也不太清楚原因。

“还会发生这种事吗？”

“虽然不明白是什么原理，但确实发生了。”

正如大小姐所说，因为若不是那样就不会有眼前的场景。

“原来会发生这种事情啊。”

既然如此，我只有接受。

“以我的想象，或许是因为英雄有两条命吧。”

“那是什么？”

“所谓英雄，不会因为败北一次就结束。即使死去，也会再次复活拯救大家，这才是英雄！”

确实，英雄可能正如她所说，然而现实世界是不一样的。

“我并不是什么英雄。”

“和阿翼怎么想无关，这是属于我的世界里的事情。”

于是我被大小姐提醒了，现在所说的事情与现实世界无关。

“而且我说过，既不会忘记，也不会原谅。”

“这是指那家伙吧？”

“偷窥的事，我什么时候原谅你了？”

“没想到，你很会记仇啊。”

我还没从震惊里回过神就笑了起来。因为我忽然想起，即使是这样的牵绊，也会将我与这个世界连接起来。

“彼方。”

我下意识地说出了这个名字。

“嗯？”

“彼方，是人的名字。”

“谁的名字？”

“我的名字。”

这是最近完全没对其他人提起过的我的本名。

“咦，原来你的名字是这样的。不过不管怎么想，岬翼都是假名啦。”

“总之，你想称呼哪个都行。因为忘却社的社长代理，今后将一直是岬翼。”

至于我为什么要特地坦白名字，连我自己都不太明白，可能是希望大小姐知道吧。

“真是的！”

弥理举着扫帚朝我伸了伸，是在叫我帮忙吧。

“可是啊……”

我再次环顾四周，发现实在非常杂乱。反正除我之外没有人会在意，我一直置之不理，现在看来该为此付出不少代价了。

“不过，有三个人在，应该没问题吧。”

我苦笑着看向大小姐。

“当然。”

大小姐朝我露出了非常明媚的笑容。

“可是，这里究竟过了多少年才变成这样的啊？”

“不知道，我第一次来时就是这种感觉了。前社长也不怎么在意这些。”

“也就是说？”

“你可以观察一下那些放在一起的漫画。”

“不就是在我出生之前出版的吗？”

出生之前，真是个非常惊人的词。

“应该是吧。”

“只有我们三个人果然不行吧。”

大小姐说着便开始指示我。偶尔被人命令的感觉也不错，我居然会这样想。

○

我时常会来到“这里”。

在这个地方，能看见以前我担任社长时所处的那栋大楼。

即使这栋建筑同是十二层，站在屋顶也无法看见目标事务所。要问为何，因为那间事务所在十二层大楼的第十三层。

听起来像玩笑一般，却是毋庸置疑的事实。如果不是亲自去过，我想自己也不会相信吧。我明知看不见，却还是来到这个地方，开始一刀一刀地剪自己长到有些阴郁的头发。

“要剪头发的话，告诉我一声多好。”

我这样剪着头发，“他”便出现了。

我称呼“他”为学。虽然是取自他的本名，但我对那个名字不感兴趣，已经忘记了。

明明已经是成年人，这个男人看起来却始终像孩童一般。另一方面，他总是眯着眼睛笑，让人捉摸不透他的心思，是稍有蹊跷的家伙。

我原本是想让学担任下任社长的，可没有如我所愿，那间事务所被其他人占领了。

“你应该知道，我不喜欢被其他人触碰头发。”

“但你让彼方触碰过吧？”

“你来这里是想说这种话吗？”

“当然不是。”

学也许发怒了，然而他的表情没有任何变化。

“结果那两个人还是重逢了。”

学似乎讨厌着他们其中一人，或者说都很讨厌。

“的确会发生不可思议的事啊。”

所以我决定不再认真理会他。我完全不知道哪些事情会触怒他，或者说我很难摸清楚别人的脾气。

“这不是火村小姐设计的吗？”

学或许在责备我。

“为什么你觉得我会做那种事？”

“因为火村小姐最喜欢的就是彼方啊。”

“怎么，你原来是在嫉妒吗，学？”

“怎么可能！不过他们最终还是重逢了，让我忍不住想那我们究竟算什么。”

“即使人忘记了，这个世界也会记得，或许正是如此呢。”

“你这句话实在太浪漫了……”

学摆出极其夸张的姿势，向我抛来疑问。

“那你说，忘却社做的事情究竟算什么？”

我并没有这个问题的答案，所以坦诚地说道：

“如果我知道，就不会变成现在这样了。”

“这种应付式的回答，真的很有火村小姐的风范啊。”

学这样说着，听起来却并不像是在责备我。接着，他有点刻意地上扬嘴角笑了起来。

# 第四章 死去的社长仍然来临

真是很恼火。

叶樱翔，仅仅是看见那家伙的脸，怒气就会在我心中翻涌，视野会从边缘开始扭曲起来。

我对那家伙的恨就是这种程度，无论如何都无法原谅他，已不用再讲任何道理了。

想杀了他——我拼尽全力压抑这个念头。

“这种事不应该吧，翔老大？”

那个叶樱翔被一群不良学生围了起来。他的双臂还没有痊愈，打着石膏。

受伤的少年与数名不良少年，如果仅仅是目睹这个场景，应该会认为他正遭受威胁，可我知道实际上并非如此。

不良少年们是叶樱翔的部下，好像什么叫实行部队，代替他完成他不能出面做的事，以此拿到金钱报酬。他可以凭借自家权力抹消部下的罪名，以此作为后盾肆意做出暴力行为。

几天前，他们还是叶樱翔的忠实部下，现在却对他倾吐着不满。

“就算你们这样说，可是那个叫三仓咲夜的女人怎样都无所谓了。”

问题不在于他们，而在于叶樱翔，因为他改变主意了。他们原本计划在近期内绑架三仓咲夜，正进行着准备工作并总算接近了实行阶段，叶樱翔却完全失去了兴趣。

不良少年们十分清楚叶樱翔是个性情不定的人，但即使考虑到这点，也无法理解他的想法吧。不仅仅是计划，他连三仓咲夜都忘记了，明明是那样执着迷恋过。

“简而言之，你们就是想要报酬吧？想要多少！说！”

叶樱翔被一句接一句的埋怨惹恼了。

“不，不是那样。”

不良少年们看着他大发雷霆的样子，意识到今天无法继续协商，纷纷像失落的幼犬一样无精打采地离开了。

他们受叶樱翔指使，从作恶中得到快感，持续至今已快上瘾了。

我跟踪着叶樱翔的部下里看起来还很精神的两人组。方才离去时，他们彼此相视一笑，我从他们的表情里看到了阴谋的色彩。

“就靠我们干了这件事吧？”

“我刚才也这样想。”

两人确认对方在考虑同样的事。

“说不定，翔老大已经被那个叫三仓咲夜的女人彻底甩了。”

“我刚才也这样想。”

“既然如此，不如就由我们把她掳来交给翔老大。他应该会很开心吧？”

“我刚才也这样想。”

总之，他们想擅自代替叶樱翔实行他放弃的计划。

“在那之前，我们稍微尝尝味道也行吧？”

“不，那样很不妙吧？那可是大小姐啊。”

很显然，继续放任他们，我将会听见非常不堪入耳的对话。

“彼方，你这家伙还是老样子，会在最后关头掉以轻心。”

愤怒化作语言从嘴里溜了出来。可这股愤怒既不是针对叶樱翔，也不是针对眼前这两个人，而是针对眼下模棱两可局面的始作俑者，即自称岬翼的男人。

“啊？”

两名不良少年注意到了我。他们应该不明白我那句话的含义，只是看着我一脸愤怒地逼近而感到了恐惧。

“你干啥啊？有事吗？”

他们恐惧着。说到底，他们是只懂在强者的保护伞下欺凌弱者的人而已。不对，没必要把这些家伙当成人看待。

“你们这些家伙，应该称为垃圾。”

我拉近距离，右手重重地盖在了其中一个不良少年的脸上。

“消失吧！”

我将力量注入那只手。

“噫啊啊啊啊啊啊啊啊啊啊啊啊啊啊啊啊啊啊啊啊啊啊！”

他发出了惨叫。数秒后，他像触电一般颤抖起来，接着便不动了。我确认之后就将他扔了出去。

“不好好处理垃圾可不行，对吧？”

这个问题并不是对眼前另一名不良少年说的，不过是我的自言自语。我没有和垃圾对话的兴致。

随后，我确认剩余的工作。另一名不良少年既不逃跑，也没有选择直面挑战，只是目瞪口呆地看着我。看来他完全弄不清楚状况，果然是垃圾。

我将右手伸向他。

“喂，你想做什么？而且你对这家伙做了什么？回答我啊，喂……”

事到如今，他才没完没了地问起来。当然，我无意回答，处理这家伙也只花了几秒钟。

○

风车侦探社位于新宿，规模算是中等，而我是受雇于那里的侦探。

“抱歉，翼。今天的工作没谈成。”

“这样啊。”

风车侦探社的社长是位非常不拘小节的人，谈工作失败的情况时有发生。不过也多亏了这点，我才能兼顾忘却社的工作，真是值得庆幸的宽松环境。

“那我今天就下班了。”

“你都特地过来了，真抱歉。”

就这样，我才来到事务所，又立即离开了。

“该怎么办呢？”

虽说已下班，但我没什么特别想做的，开始犹疑不决。

“我……我说啊，翼先生……”

正当我打算回家时，小绘麻朝我搭话了。她是风车社社长的千金，戴着眼镜，是个有些腼腆的女孩子。我还称她为女孩子，可她实际上已经高中毕业，差不多成年了。**（注：日本现行法律规定，年满二十周岁为成年。）**

“怎么了？”

“就是……下周六，翼先生不用上班吧？”

“嗯。不过，前提是没有安排紧急工作。”

“那样的话，能不能请您陪我去购物呢？”

“购物？”

我不禁思索起来，她究竟打算去买什么。小绘麻因此误以为我感到了不满。

“啊，让您困扰了呢！难得的休息日，我却提这种事情……”

“不，哎呀，可以的，只是购物的话。”

“是……是吗？”

“要不现在就去？我的工作刚好泡汤了。”

“现在有点……（心理准备还没有……）”

小绘麻的声音立即变得很细弱，我甚至没能听清。但我算是明白了她现在不太方便，便决定放弃这个提议。

“那就周六见。”

“好……好的！”

小绘麻与刚才截然不同，非常大声地回应我，并迅速跑开了。我看着她的背影，说是去购物，可似乎感觉又不太一样。

“虽说没什么必要，但还是去忘却社露露脸吧。”

明明感觉没什么必要，真是不该过来啊。

稍稍空出时间来忘却社露个脸，我正好撞见大小姐，被责备了。

她的理由是“为什么我完全不来”。仅仅是没对上时机而已，我每天大概会来三趟事务所。而且说到底，其实我没必要过来。

“不，我有本职工作的……”

我从事着忘却社以外的工作，雇佣侦探才是我的本职。

“你都不想一想我可能会来吗？”

“我倒是不认为就读于中野某学校的大小姐会随意跑来新宿啊。”

来往于中野与新宿的电车车程只有五分钟，但从车站到这间事务所需要步行十五分钟左右，从大小姐的学校到中野站的时间也差不多，不管怎么说都得花三十分钟左右。这里可不是随便晃悠就会来的地方。

“这样啊。”

大小姐不高兴地绷起了脸，看来我刚才不该正经回答她。

“对不起。”

于是，我坦诚地道歉。

“我倒是无所谓。可要是委托人来了，你打算怎么办啊？”

“委托人来的时候，我大概能感知到呢。”

“什么意思？”

“世界就是这样运转着的。事实上，也确实没人来吧？”

大小姐的表情里越发透露出不感兴趣，我便转移了话题。

“你来不是为了说这些吧？”

“啊，对了对了。”

大小姐想起正事，脸上明朗了一瞬，又立刻露出了厌恶。

“叶樱同学似乎病危住院了，至今还在昏迷中。”

刚听见开头，我就意识到这个话题很微妙。

“叶樱？”

“而且他没受什么外伤，说是不知道病因。”

“那确实很异常。”

即便如此，我也丝毫不觉得责任在于自己。如果病因是抹杀了那家伙心中的“大小姐”，那他当时应该会立即出现问题。像这样一段时间后才受到影响，不可能引发这么严重的后果。

“不是你的错吧？”

不过，大小姐似乎有些怀疑我。不，应该说是担心我吧。我决定这样理解。

“我从未听说过会以这种形式出现后遗症。”

“这是一种可能。或者说，仅仅消除了他的记忆果然还是不太放心之类的。”

“所以我去给了他致命一击？”

那才是最不可能的。我没有那种欺凌弱者的兴趣，何况我深信消除记忆就足够了。

“我可是忘却社的社长代理啊。除了忘却社的工作，我不会使用能力的。”

“关于你所说的社长代理，我还是不太了解，但我相信不是你做的。”

“话是这么说，可我也曾梦见过暴打他，可能内心深处的我仍然觉得不够解气吧。”

我原本打算开个巧妙的玩笑，没想到大小姐相当在意。

“咦……”

“话说回来，你今天一个人吗？”

平时几乎一直跟在大小姐身旁的保镖不见踪影。那人名叫盾无真森，对待工作非常严谨，我们从来没有闲聊过。她似乎讨厌我，因此即便见过好几面，我依然无法揣测她的内心。

“盾无小姐的话，好像去见以前的熟人了，我们各自单独行动。”

“那你更别在这种时候过来啊。”

我有些意外，稍稍加重了语气责备大小姐。

“为什么？”

“这一带很不太平，不适合女高中生单独晃悠。”

早上和中午还好说，从傍晚直到入夜，这附近最不缺的就是可疑人物。

“没事的啦。”

然而，大小姐依旧不以为然。

“我说啊，你该不会已经忘了差点被叶樱翔袭击吧？我不是要居功，但如果遇见同样的事，你不一定能再次得救。”

毕竟这不是什么愉快的回忆，我一点儿也不想主动提起，可现在必须得说了。

“当时他只是冲昏了头。像我这种粗野的女孩，假如说还有男人想袭击，那我倒是想见……见……”

大小姐居然这样回答。我沉默地盯着她，一步一步地逼近。

“等等，怎么了，阿翼？”

大小姐向后退，我再次靠近她。大小姐再次向后退，我也再次靠近。

我们重复着这样的动作，大小姐很快被逼到了墙边。面对已经无法再后退的大小姐，我面不改色，继续上前。

“阿……阿翼？”

我伸出双手撑在墙上，这样一来，大小姐就无法从左右两边逃走了。我们近到脸几乎快贴在一起。

“阿翼，我说……你不是认真的吧？”

大小姐一脸不安地问道，却被我完全无视。

“大小姐，你能再说一遍刚才的话吗？”

我用问题代替回答，静静地浮现出笑容。

“嗯，当时他只是冲昏了头……”

“只是？”

我像叮嘱一般，注视着大小姐的脸。

“像我这种粗野的女孩，假如……”

我知道大小姐语塞了，便一言不发地继续注视她。

“假如说还有男人想袭击……”

大小姐说到这里，再也无法继续了。而我只是注视着她，已经不再是脸，现在我用惊人的气势紧盯着她的眼睛，让她的眼神无法躲闪。

“我……我知道了啦！”

没过几秒，大小姐就发出了大喊。

“以后会注意了！”

“知道就好。”

于是，我和大小姐拉开距离。大小姐看起来非常受挫，立刻跑着逃开，直到被理发自动调节椅这种难以跨越的障碍物阻挡为止。

大小姐太缺乏警戒心了，这样倒让我有些放心。

“要是我没有认错，你打算……做什么？”

她似乎仍然没领会到重要的是什么，居然向我问起这种话。

“什么……是指？”

我感到认真应答的精力正被她慢慢夺走。

“亲……亲吻之类的？”

可是大小姐非常认真地思索着，说出了这种话。败给她了，我不禁犹豫该怎么回答才好。

“怎么，亲了会更好吗？”

最终，我还是没想到好的回答。

“当……当然不好啊！”

我再次受到了大小姐的责备。

无论如何，再纠缠下去也无助于平息她的怒火，我便绕回了正题。

“关于叶樱翔，我会去探望一下，因为有种不自然的感觉。”

“哦，是探望啊。”

“所以大小姐今天该回家了。”

反正继续守在这里似乎也等不来委托人，我就如此建议道。

“才说完这附近不太平，又让女孩子单独回家？”

“怎么，是想和我一起去见叶樱翔吗？”

我还以为她会厌恶到再也不想看见叶樱翔的脸，看来并不是那样。她真有那么厌恶，就不会特地来说这件事了。

“一起去吗？”

大小姐反应让我稍感意外。

“原来只是想让我送到车站啊。”

刚以为误会大小姐的意思了，她又否定了我的话。

“我……我也不是完全无关的人，一起去吧。”

“好吧，确实不是完全无关。”

不知为何，大小姐的心情好像又明朗了起来。总之，我与她离开事务所，向车站走去。

○

据大小姐所说，叶樱翔入院已经是三天前的事了。

我感到现在行动实在迟了一步，不过因此也不再有成群结队前来探望的客人，倒是比较方便。我进入他人的“固有世界”时，身体看起来像是失去意识一般，由于刚好在医院，到时候恐怕我也会被办理入院手续。

“哦……”

叶樱翔的“固有世界”里的荒芜超乎了我的想象。在病房里看见的他似乎只剩呼吸，明明没有外伤，却除神经反射之外无任何反应。他不只是失去了意识，似乎连心也失去了，就给我这样的感觉。

然而，我进入他的世界后发现里面的情况更糟糕。原本还设想会不会是他重视的一些人都消失了，看来远甚于此。他的世界让人联想到大地震刚结束时的模样，强烈的地震让一切崩塌坠毁，甚至连医院、通往医院的道路乃至更深的尽头皆如此。

“这里与现实存在这么大差别，难道他连自己住院了都毫无察觉吗……”

就连叶樱翔本人也不见踪影。假设这是某人所为，那或许他还倒在自己被袭击的地方。

“就算如此，找遍这里也……”

搜寻这个“固有世界”比以往难度更高。

“行不通吗？”

再怎么样，我也不打算靠双腿四处搜寻。我取出黑色钥匙，想看看有没有能用上的道具。

这把钥匙和进入“固有世界”时使用的白色钥匙是成对的，用来打开这个世界的主人的“心之宝物箱”。年幼时描绘的梦想会随着接触到现实而逐渐消散，在这个过程中，格外重要且不愿失去的事物会保存在“心之宝物箱”中。

之前在这家伙的世界里，我曾使用过变形为强化铠甲的公文包，当时用的就是这把黑色钥匙。然而，现在就连那个公文包也无法召唤了，看来宝物箱遭到了破坏，这样一来也无法飞行在天上寻找了。

“我从以前就觉得，这种依靠进入的世界才能施展的能力有点不便啊。”

如果能召唤出我的宝物箱，那应该可以翻出不少派得上用场的库存品，但在这个世界里能使用的只有储放在宝物箱里的东西。

“究竟谁能做到这种事？”

我漫步于接近半毁的医院中，自顾自地问出了没有人会回答的问题。

“能做到这种事的以及实际上做了这种事的人，就只有你。”

我却听到了回答的声音，便诧异地回头，看见那里居然站着“我”。

“嘿，好久不见啊，‘我’。”

事出突然，我十分震惊，但更多的是感到松了一口气。在他人的“固有世界”里，被“我”搭话这种情况并不是第一次发生。即便如此，这个“我”与叶樱翔的“固有世界”中的“我”也不相同，大概是我进入这里后产生的，或者说是我身处于此所诞生的影子。

可能是这个世界正在崩坏，因此待在这里的我变得更容易引发异常。

“仅仅是你没察觉罢了，其实我一直在你身边。”

如果相信另一个“我”所说的话，似乎只是我一直没能认知到罢了。

“是吗？好像是我一直无视了你，真抱歉。”

总之先形式上道个歉吧，于是“我”沉默了。

“哎呀，对了。你一直在旁边看着的话，就告诉我吧……”

我对“我”抛出了疑问。

“这些是我干的吗？”

“难道你有印象吗？”

“对自己说谎也无济于事啊。说实话……没有。”

“那么，你为什么要这样问？你怀疑是自己干的吧？毕竟，能做到这种地步的家伙只有你。”

这家伙可真会指出让我不悦的事。不过，那就是我本人，抱怨也没用。

“没印象。而且我不觉得自己会在深夜无意识地晃悠过来。”

我自觉不算一个健全的人，但应该不至于在深夜到处徘徊又回到原处。

“看来可能是我干的啊，是趁你没意识的时候。”

“还有这种可能？”

可惜，我还没来得及继续追问，那个影子就轻笑着消失了。

“喂，你来做什么的？只是想让我不安吗？不可理喻！”

我抱怨着已经消失的“我”，但没有任何作用。

“毕竟你也好我也罢，都是我啊。”

我自顾自地感到束手无策而耸了耸肩，决定沿着过来的路回到现实世界。

正如我所想，要回到现实。

“嗯？”

回过神来，我正坐在长凳上，像是靠在突出的柱子上睡着了一般。

大小姐不在这里。我曾叮嘱她守着我，可她并没有选择沉默地等待。

“不过，那样还比较像她……”

“啊，阿翼，你回来了吗？”

接着，大小姐毫无歉疚地回来了。

“所以说，难道大小姐是去洗手间了吗？”

指责这种事也没意义，至于之前被我责备不要一个人来事务所的事，她似乎也没放在心上，实在让我在意。

“才不是啦！”

“那去哪里了？”

“找八卦的护士问了些话。”

规则啊、纪律啊这些老话都不知听了多少年，而我发觉原来现代还有这种随心所欲的人。

“有什么收获吗？”

“说是还有其他和叶樱翔症状相同而住院的人。”

还有其他人？我始终不认为是自己害得叶樱翔成这副惨状，怎会不止他一个啊？

“喂，这也是我干的吗？是我吗？”

可若不是我，还能是谁干的？我果然没有头绪。

○

大小姐被不良少年跟踪了。

我在稍微隔了一点儿距离的地方观察着，也就是跟踪跟踪者。就这样，大小姐走到了人烟越来越稀少的地方。

责备是多余的。我明明说过很危险，不要一个人乱晃悠，她也不听。非要一个人闲逛的话，至少希望她能稍微警惕一点儿啊……

我看见不良少年“嘿嘿”轻笑了起来，再次确定他并不是偶然和大小姐走在同一条路上。

大小姐继续朝更荒凉的地方走着。跟踪她的不良少年环顾四周确认状况的频率也更高了，我感觉他快动手了。

完全没让我的预想落空，不良少年迅速靠近大小姐身后，用手蒙住了她的嘴巴。这样一来，她呼救的声音就无法传开了。正在他进展顺利的时候……

“有我在！”

是我嘀咕太早了吗？我朝那两人跑去，他们正用尽全力对付彼此，根本没注意到我。

“哼！”

我一脚滑至不良少年身旁，顺势打出一拳。

“咳！”

少年短促地呻吟起来，立刻倒下了。我确认他的状况，继续施以攻击。最终，我骑在已经无法动弹的不良少年身上，双手捧起他的脸说道：

“你的重要东西，我会全部摧毁。”

接着，我双臂注入力量，但不是施加握力，而是直接对那家伙的精神世界攻击。这是让“固有世界”摧毁殆尽的动作。

“呜啊啊啊啊啊啊啊啊啊啊啊啊啊啊啊啊啊！”

不良少年在我手下惨叫。像身处高压电流中一般，他的身体哆哆嗦嗦地颤抖着，几秒后动作完全停滞了。

“不管怎么扔，垃圾的数量都不减啊。”

我漫不经心地说出了这种话。

回过神来，大小姐已经不见了。她或许是趁我对付这家伙时逃走了吧，那倒是没问题……

我开始寻找应该还在附近的大小姐。刚想着会不会有人见过她，便发现路上空无一人。我有种异常的感觉，这的确是条荒凉的路，即便如此人也太少了。

大小姐究竟逃向了哪边呢？说到底，既然我都来了，那她应该没必要逃很远啊……

“嗯？”

路上出现了一家陌生的咖啡店，我似乎在哪里见过。

“啊，这里是……”

那是很久前就应该倒闭了的咖啡店。它朝向道路这一面是玻璃墙，因此能看见里面没有客人，实在冷清。就这一带而言，客人少的咖啡店适合密谈，不会完全没人去，但这家店并不适合这种用途。从我得知它的位置后，它过了大约半年就倒闭了。

“为什么还在这里？”

我将寻找大小姐一事抛在脑后，开始调查因这家店仍然存在而产生的违和感源于何处。

“什么……”

在进入那家店之前，我先察觉到玻璃上映出了异常的自己，那既是我，又不是我。

与大小姐岁数相仿的少年——这家咖啡店尚存时的我出现在那里。

我压抑着惊讶，触碰自己的脸，玻璃里映照着的我也按住了脸。不仅仅是看上去那副模样，而是我变回了当时的我。

“怎么回事？”

没有人回答我的疑问。这条道路上仍旧空无一人，店内也是如此，这里只有曾经的我，只有“彼方”。

“梦？”

我睁开眼，察觉到一连串事件都只是梦，便发自内心松了一口气。不明白为何会有如此强烈的感觉，但我整颗心都庆幸着那是梦。

“没事吧？”

不知从何时起，弥理就我在身边。看样子，是我回到忘却社后睡着了。

“没事。”

我坐了起来回答弥理。

“需要水吗？”

“啊，需要。”

听见我的回答后，弥理“啪嗒啪嗒”地朝厨房跑去，过了一会倒了一杯水回来。

“……吗？”

弥理递给我杯子，又好像问了什么。我没听清，大概是让我喝吧。

“嗯。”

我如此回答，接过杯子一口气喝完了。也许是做梦时出了很多虚汗，我有种水分充盈全身的感觉。

“谢谢你啊，弥理。”

“不客气。”

我将杯子还给弥理，她又“啪嗒啪嗒”地朝厨房跑去。大概是心理作用，她的背影看上去很开心。

“弥理在那个时候……”

接着，我仿佛快回想起什么，很快又没了头绪。

我记得弥理从以前就一直在这间事务所，但她是从何时起变成现在这样的，我怎么也想不起来。记忆中的她与现在的她明显不同。

“一定发生过什么。”

时间会改变人，却并非总是如此。

毫无疑问，弥理身上发生过某件决定性的事情，并且那件事一定与我试图回想起来的某人有关联。

“你真的变了吗？”

忽然，我又听见了自己的声音。循声而看，“我”正在那里。

“居然出现在这边的世界，我的自我主张真是越来越强了。”

实际上，在这边的世界被搭话真是很久违的感觉。现在看来，将这家伙解释为潜入“固有世界”产生的反作用似乎有些矛盾，但他确实出现在这里，我可没辙。

“因为你又来破坏了啊。”

说实话，另一个我所说的话蕴含着何种意义，实在很可疑。这说不定是真正的幻觉，所以我不会认真应对他。

“是吗？”

“不过，毕竟是你，只是渐渐更像你了而已。”

“那真是不错的夸奖。你啊，应该比我更受女人欢迎好几倍。”

“零的几倍都是零。”

以讽刺回报讽刺。假如只是幻觉，那他真是个机灵的家伙。

“话说没问题吗，居然在这种地方悠悠闲闲的？”

这句话仿佛将我关闭的电源打开了一般，我一下全身泛起恶寒。不安又躁乱的心情涌上胸口，梦中的场景在脑海中闪回。

镜子映照出过去的我，是殴打不良少年的我，还响起了不良少年的悲鸣。

“这是什么啊？”

我正想问，“我”却消失了。

“弥理，我稍微出去一下！”

我起身走去厨房，对弥理说道。

“啦！”

弥理坐在椅子上，朝我举起右手比画了手势，那大概是明白的意思。

我冲出忘却社，飞快跑下楼梯。正当此时，耳旁响起了逐渐远去的救护车鸣笛声。

我充满了不祥的预感。

○

阿翼似乎也很着急。

“哇！”

我来到忘却社所在的大楼，正打算爬楼梯时看见阿翼像飞一般地跑了下来。如果我再快一点儿，说不定就撞在一起了。

“好险……抱歉。”

阿翼大概没想到，会有人试图爬楼梯上十二层的大楼吧。

“比起这个，阿翼，刚才的鸣笛声表示又出现了牺牲者。我当时就在现场。”

我将自己目睹的状况告诉他。虽说如此，由于围观人数众多，我连受害者都没看清，只在救护车赶来用担架抬人的时候瞥见了一点儿。

“事发现场真是近。”

阿翼一脸不悦地说道。

于是我也察觉到，确实与至今为止的事态有所不同。以叶樱同学为首，受害者都是在我学校周围被袭击的，所以我们一直认为叶樱同学和他们之间应该有某种联系。

“把这附近划为袭击范围，倒不算太奇怪。”

受害者只是在自己的去处被攻击了，这样也解释得通。可是难道犯人不在当地犯案，特地跟踪到了这里吗？这样一想又觉得有些勉强。

“犯人也有可能是其他人……”

“是模仿犯吗？”

我才提出问题，阿翼就已经否认了自己说的可能性。

“那更不可能吧。除我以外能进入‘固有世界’的人就只有你了。”

“那么犯人是我？”

“不，那不可能。”

“就没其他人了吗？”

面对我的疑问，阿翼陷入了深思。

“据我所知是没有的。不过既然我能做到，其他人自然也能做到，这不奇怪。”

可我并不认为碰巧有相同能力的人，碰巧也生活在离我这么近的地方。

“我觉得，拥有这么强的能力还能自发使用的人并不多。”

阿翼也有同样想法。

这种事情不可能是偶然发生的，那就是某种必然了。但我对这个所谓的必然毫无头绪。

“是替身使者与替身使者间的互相吸引吗？”

“那是什么？”

“是《JOJO的奇妙冒险》啊。最近在播改编动画吧？”（注：即《JOJO的奇妙冒险：不灭钻石》。）

“不好意思，我没看。”

据阿翼形容，那部漫画里出现了成为替身使者的超能力者，他们总会鬼使神差地遇见对方。

“如果这个世界也有同样的规则，那我应该会遇见更多人才对。”

这么说来，我姑且也算拥有超能力，便一下子觉得说不定那种命运般的引力确实存在。

“提到漫画，我也想到了，难道你没有那种感觉吗？”

“嗯？”

阿翼一脸莫名其妙，看来我的话实在省略了太多内容。

“同为能力拥有者，可以通过氛围感知到彼此之类的。”

“啊……应该没有吧。”

“没有啊。”

“如果有，那我在大小姐来这里时应该会感知到。大小姐被掳走时，我也不至于为不知道地点而伤脑筋了。”

“确实是……”

说起来，假设存在那种感应，那么阿翼在附近时，我就能感知到吧。

“不过，或许有些家伙能做到呢，只是我不知道而已。”

“说是超能力者，也不一定都是同种类型的吗？”

“这也是因素之一。而且我也不算全掌握了，或许还有很多未知的事情。”

想到这里，我才发觉可能性实在太多了，再想下去也是浪费时间。

“总之先去现场吧。”

我不期待会找到什么线索。即使曾经有，那么多围观者也早就把现场破坏得不成样子了。

“也是呢。”

继续在这里讨论不会有结果，我重返来时的路，带着阿翼前往现场。

对待任何事都不要开头即放弃，试试看会有价值。很遗憾，没有演变成这样的情况。

我们果然没找到半点线索，能联想到犯人的灵光一闪也没有出现。如果说稍微发生了一点儿好事，那就是阿翼请我吃了冰激凌。他似乎是顾虑到我白跑一趟而失落的心情。唉，说不定是他自己想吃，就顺便给我买了。

“双冰激凌球就好吗？”

“堆太高只会变得很难下口吧？”

关于这点，我们的见解似乎有分歧。阿翼点了三个冰激凌球，非常娴熟地吃着，他说不定是甜党。

不得不提的是阿翼吃得超快，我才吃完一个，他就全吃光了。可能是有些闲了，他注视着仍然没吃完的我。

“怎么？”

“没什么，就觉得你会像女孩子一样吃东西。”

“啊？”

什么像女孩子？我就是女孩子啊！虽然想这样还嘴，不过考虑到自己平时的举止确实有些问题，我不禁语塞了。

“说错话了，抱歉。”

阿翼似乎把我的沉默理解成了非常生气，于是坦诚地向我道歉。

“不要道歉……”

我告诉阿翼自己并没有那么生气，他便望向了天空。我以为那里有什么特别的，但空无一物，他应该只是单纯觉得继续盯着我看不太好。

“如果火村小姐还活着……”

因此我认为这一定是他的自言自语。可是，我似乎在哪里听过这个名字，不由自主地做出了反应。

“他是谁？”

“前任社长。”

这么一说，我才察觉为何会觉得有印象。

“是火村理发店的火村？”

“就是那个火村小姐。”

“你刚才说如果他还活着，难道他死了吗？”（**注：在日文原文中，两人均对火村小姐使用了敬称，但无法通过敬称判断其性别，因此咲夜误以为火村小姐是男子，使用“他”指代，阿翼则用“她”。**）

“嗯。准确说起来，她就像被我杀害了。”

“咦？”

听起来并不是比喻之类的说法。我时常会察觉自己触碰到阿翼的阴暗部分。

“你说杀害，难道你杀了他吗？”

我有些混乱，居然问出这种连自己都听不太懂的问题。

“那个人想滥用能力，我作为忘却社的一员无法视而不见。”

这样一来，阿翼刚才所说的话似乎就是字面意思，他很明确地传达了这一点。

“我不会再问详细情况，但那个人有还活着的可能性吗？”

“没有。即使活着，她也没有动机做这种事。”

“但他是试图滥用能力的人吧？”

“确实没错。”

直到刚才还态度鲜明的阿翼，又开始说话含糊不清了。他应该察觉到自己的言行矛盾了。

“那就是那样吧。”

阿翼或许只是在美化已逝的社长，然而我比起怀疑，更想相信火村先生就是阿翼描述的那种人。

“虽然结局很遗憾，但她仍然是我的恩人。”

那么火村先生一定如阿翼所说，是对他非常重要的人。

“他是个好人啊。”

“不，非要说的话，她应该算恶人。”

我又听见了可疑的话。

“听不懂你在说什么。”

“就算让我奉承她，也实在说不出她是个好人。”

“也许吧。”

我想不出否认阿翼的话。

帮助真正陷入了困境而来到事务所的人，这是善行。但假如谈论执行这件事的阿翼是不是好人，那确实是另一回事。

“说起来，之前你说过‘觉得能见到重要的人’这种话。”

那么阿翼作为忘却社的一员，果然是出于个人的动机。

“啊，嗯。”

“那是指火村先生吗？”

“虽然记不得是谁，但我感觉不是火村小姐。”

明明算动机，阿翼却说记不起那个重要的人是谁。之前我还觉得他可能是出于害羞故意装傻，现在考虑到忘却社的事情，看来确实不是那样。

阿翼之所以会不记得，是因为他被某人抹消了记忆。这样看来，除他以外，果然还有拥有相同能力的人。

“明明不记得，却知道不是他？”

“因为不可能再见到死去的人啊。”

然而，阿翼异常冷静地给出回答，我又有点退缩了。

“也……也是呢。”

接下来，我想着必须得说点什么而焦急起来，但阿翼并未显露出很在意的表情。

“要去医院看看吗？”

他这么说道。既然在现场找不到任何线索，就只能选择这条路了。

“稍等！”

我一口一口地把已不剩多少的冰激凌带脆筒皮吃掉了。我只是觉得路上拿着会很碍事，阿翼见状却大笑了起来，还说我这样才更像大小姐。这种话可完全构不成安慰。

○

电车上很拥挤，但从车站到医院的路却并非如此。

或许是由此感到了从容，我再次向阿翼问起了火村先生的事情。

“简而言之，她是个怪人。”

看来，阿翼对火村先生的印象实在不算好。

“既是恶人又是怪人，这可不是一般的不妙啊。”

说实话，我甚至想说“那不是糟透了吗”。大概是因为阿翼非常认同那个人，所以我觉得说点坏话也无所谓，但好像并非如此。

“实际上，她就是个糟透了的人。”

“这样啊。”

我很想听阿翼与前任社长的趣闻逸事，可让他回应这种期待似乎很难。

“他没什么优点吗？”

再被回答“没有”，我就真的无计可施了。

“火村小姐的优点啊……她毫无疑问是美女，身材也像模特一样苗条，尽管平时看起来太瘦了。”

总算问到了不错的信息，我却发现火村小姐与自己一点点构思起来的形象存在根本上的差异。

“原来是女的吗？”

“奇怪？我没说吗？我以为说过了。”

阿翼似乎以为我知道。

“你从没说过。”

“总之，她是个美丽的人，压迫力也很强，让人觉得她去做模特或许更好。不过，凭她的性情可能做不来。”

“性情？”

“明明身为理发店家的女儿，她却很讨厌被人剪头发，心血来潮时还会自己把头发剪得乱糟糟。因此，她总是留着奇怪的发型。”

“我……或许见过那个人。”

我想起了某个人物形象。

“什么时候？是很久以前吧？”

“不，是最近。在遇见阿翼之后……”

就是不久之前遇到的。我明明知道这一点，回想起来却很不清晰。

因为她是和阿翼有关的人吗？阿翼从我的“固有世界”里消失时，她就立即出现了，这段记忆也一并消失了吗？

“不可能在最近见过啊。”

“但确实见过。当时，我还向那个人借了手帕……”

我说出口，才想起了藏青色手帕的事情。它一直放在包里没动过，我原本打算还给那个人的。

“你见过这个吗？那人说是从男人那里得到的。”

“并不是我给她的。”

“那是谁给的呢？如果那人是火村小姐，手帕就应该是忘却社的人给的吧？”

“事情很简单，她不是火村小姐。”

“的确有这种可能。”

“大概是委托人给的，又或许单纯是在私人场合收到的。她意外地算是挺受欢迎的人。”

“阿翼没有头绪的话，那她可能是无关的人……”

我正要被说服，记忆里的人影突然闯进了我的视野边界，是高个子的长发女子。虽然是背影，但我不会看错那独特的发型，她就是给了我手帕的人。

“就是那个人。”

阿翼朝我的视线方向看过去，脸色骤变，显现惊讶与愤怒。他带着这样的表情跑了过去。

“等等，怎么了啊？”

察觉到时，我也慌忙追了过去。

“奇怪，是火村小姐！是本人啊！”

“咦？不会吧？她为什么会在这种地方？”

“偶然……不，怎么可能！”

可能是听见了阿翼的声音，抑或是听见了我跑动的脚步声，火村小姐有所注意，回过了头。

“哎呀，被找到了啊。”

火村小姐只是微微笑着，并没有打算逃走。因此阿翼很快追上了她，我随后也赶到了。

“火村小姐，你为什么会在这里？”

“说是偶然，你也不会相信的。”

“不然呢？”

阿翼散发出极其明显的怒气，看来我没法参与他们的对话。

“那么，对你说稍微正经一点儿的事情吧。我听说出现了因疑似能力拥有者作恶而陷入重伤的人，就想会不会是你在行凶，为辨别真伪而来。现在正要回去。”

“实在正经，但不是事实吧？”

“是事实啦。我这样说，你会信吗？”

无论怎么看，火村小姐都像在捉弄人，和怒气冲冲的阿翼形成了鲜明对比。

“那一连串伤者，并不是火村小姐所为吧？”

“我没有做这种事的理由。而且，坦白说有些可悲，我并没有能破坏到那种程度的强大力量。”

“也是啊。”

“据我所知，能做到那种事的只有你。”

“我……”

“我知道，你也没有做那种事的理由。”

我无法平静地目睹这两人交谈。他们似乎是敌对关系，却非常了解和信任对方。

“我有两种假设，要么是存在我们不知道的能力拥有者，要么是存在另一个你。”

火村小姐说出了更古怪的话。

“我完全赞同，甚至更怀疑后者。”

“毕竟阿翼的能力在历代社长中也算拔尖的呢。”

火村小姐看起来有些高兴，意见相同似乎让她很开心。

“这事暂且放一边。火村小姐，我可以提问吗？”

“是想问我为什么还活着？”

“对，就是这个！”

我总算插进了这两人的对话。

“我的确想知道这件事，但我要说的是关于我的记忆。”

阿翼想问的是其他事，因此我被晾在一旁，只能继续听他们交谈。

“唔，是关于你想再会的谜之人物吧。”

“你果然知道啊，火村小姐。”

“那当然。毕竟就是我从你的世界里把那个人物抹除的。”

“为什么要那样做？”

“因为无可奈何。我这样说，你会信吗？”

“可以恢复原样吗？”

“做不到，我也不想做。”

火村小姐的话里包含了强烈的否定，两人间弥漫起紧张的气氛。她对愈发咬牙切齿的阿翼笑了。

“那么，我问另一个问题。你为什么还活着？”

“这就是所谓的企业机密了。单论能力强弱，我不是你的对手，可即便如此，我也是曾经正式担任过忘却社社长的人。”

“也就是说，你用我不知道的能力使用方法欺骗了我。”

“嗯，算是吧。”

“如果是那样，我可不会宽恕你。”

阿翼忽然摆出了攻击架势。与对战叶樱同学时不同，他这次不再以单脚为中心，而是踮着脚尖与火村小姐保持一定距离移动着。火村小姐则配合着他的动作，转动身体与他正面相对。

火村小姐暂且不论，我感到阿翼浑身散发的气息完全可称为杀气。

“明明刚才还在正常交流，这是怎么了？别这样啊，阿翼！”

眼看要发生可怕的事，我便拼命地呼喊着。

“她的确是我的恩人，但她必须由我处置掉。”

阿翼完全听不进我的劝阻。

“就不能重归于好吗？阿翼看见火村小姐还活着也很高兴吧？”

“这是两回事。我可是忘却社的社长代理。”

我无法说服阿翼，只好望向火村小姐，发现她苦笑着。

“行不通的，阿翼在关键事情上就是很顽固。不过，我就是那样教育他的，也无意否定那样的他。”

火村小姐笑着，立即伸长了腿朝阿翼的脸踢了过去。然而她完全没踢中，阿翼毫发无损。可那只是暗号，阿翼立刻绷紧了脸。

“你们住手！这样太奇怪了！”

这样下去，事态会相当糟糕。我明知道这点，却没能阻止。

“后退！”

阿翼的声音里有着不容分说的压迫力。

“你照他说的做才对。因为说不定我会抓你当人质。”

火村小姐的话令我不寒而栗，只能朝后退下了。她的声音里散发着温柔，却能听出她丝毫不在意我生死与否。

阿翼或许是戒备着这点，改变移动路线，回到了我所在的方位。

“我说最后一遍，大小姐往后退。”

阿翼的语气比刚才柔和了许多，我反而感到他要拼尽全力。

“嗯……嗯。”

我待在这里只会碍事。明白到这点后，我照他说的退向了后方。

○

已经不是考虑要不要说服火村小姐的局面了，至少她对我的杀意很明显。如此一来，我可没办法手下留情了。

就是说，不存在双方都平安离开的结局。

“真不像火村小姐的作风。你应该知道，要是你和我认真交锋，你不可能赢。”

即便如此，我仍有不能理解的事。如果只能列举一项，那么首先是火村小姐本身。

“我在这种情况下主动挑衅，你居然会以为我没有胜过你的方法？真是不可思议。”

火村小姐的左腿前伸，右手放在耳边，左手也跟着举起靠在了右手下方。这是示现流剑术的“蜻蜓”架势吧，可她的手上并未握着任何武器。

“你在说笑吗？”

“谁知道呢？”

火村小姐朝我逐步逼近。我站在原地定睛看着，她的夸张姿势实在非常不自然。其中究竟有何意义，我毫无头绪。

“吃我一刀！”

与刚才相同，火村小姐在显然够不着我的距离朝我发起攻击。接下来，我没乘虚而入，但也不觉得有必要闪避。

即使火村小姐手里握着一把透明的刀，也仍旧无法够到我。

“唔……”

然而，我的左臂飞向了空中。

“唔啊啊啊！”

迟来的疼痛传至全身，我惨叫起来。

“阿翼，都怪你的好奇心太强了。”

不知何时，火村小姐手中出现了一把长得异常的木刀。

“你说什么？”

“一旦你遇见不了解的战斗方式，就会不由自主地从中学习。你极为强大，所以你有自信不会输，那么当你试图看清我究竟进行何种攻击时，结果便注定如此。”

火村小姐用木刀指了指地上的手臂。

“比起那些，这把木刀是怎么回事？”

我自知的确如火村小姐所说。既然知道她不打算正面交手，我就应该停止观察，发起攻击直接击溃她。

“你似乎还没发现啊，这里已经是‘固有世界’了。准确来说是你的世界，是我趁你注意力放在那女孩身上时瞬间移动过来的。”

“是把他人整体移动至‘固有世界’的能力啊。”

“真敏锐。这称为‘认知共有’。你以为杀掉我那次，多亏了这个能力我才得救。”

火村小姐似乎已经确信了自己的胜利。确实如此，我失去了左臂，即使放着不管也会因失血过多而落败。

“阿翼，你以为我已经死了，所以做梦也没想到还会像这样和我战斗吧？但我不同，我早料到这天会到来，为此做足了准备。”

“于是你确信能赢，出现在我的面前。”

“正是如此。阿翼，你知道不和圆明流吗？它是陆奥圆明流这一不败格斗术的分支，是为了打倒陆奥圆明流而锤炼出来的流派。”

“你说的这些，都是从漫画里看到的吧？”**（注：川原正敏所著漫画《陆奥圆明流外传 修罗之刻》，原著中为“不破圆明流”。）**

火村小姐没有回答我的疑问，不过这在我预料之中。

“我啊，被赶出了本家流派，就为了有一天能打败本家而一直钻研技艺！”

“结果钻研出这种暗算招式？”

“别无他法。要是正经对战，我不可能赢。”

火村小姐摆出下段攻击姿势，猛地刺了过来。

攻击来自能看见的木刀，这样一来我不至于无从应付。我伸出右手将木刀拨开并折断，意图顺势冲过去。

“什么……”

木刀被折断的部分延伸出光，贯穿了我的右腿。

“想象力是不是不太够呢，阿翼？我说过了吧，这里可是‘固有世界’。”

火村小姐将刺进来的木刀抽出，再次与我拉开距离。

“就算是你，右腿受了伤也无法自由行动。”

“是吗？”

我如此说着，却无法再支撑身体，倒了下去。随即火村小姐挥起木刀，光剑飞了过来……

“咳。”

刺进了我的胸口。

“如我所料！如我所料！”

火村小姐的攻击仍未停止。明明确信我已经无法动弹，她也完全不靠近，只是在一定距离外挥动木刀，投来光剑。

光剑接连刺中我，切实夺走了我的战斗力。

“既然如此，你不该手下留情一点儿吗？”

“哈哈。你会不服输也正如我所料，阿翼。”

火村小姐丝毫没有手软，她释放的光剑刺中了我的脖子。

“你会死在这里！我会夺回忘却社的社长一席！”

面对不过数秒就会死去的我，火村小姐仍然施加着攻击。

光剑贯穿了我的额头，我到此为止了。

“如此合乎我的预料，确实不太公平。”

火村小姐脸上浮现了胜利的笑容，但只持续了短短几秒。

“嗯？”

她似乎迅速察觉到了与自身经验相违背之处，不愧是忘却社的前社长。

当“固有世界”的主人死亡，那个世界也会跟着死去。虽然不是立即消失，但会稀稀落落地开始崩析瓦解。然而没出现任何征兆，这个世界还是一如既往稳定存在着。

“为什么？”

当“固有世界”的主人死亡，那个世界也会跟着死去，这条规则不存在任何例外。那么答案只剩一个，便是其主人并没有死去。

“没注意到的是你，火村小姐。”

我并没有死。火村小姐对比着于此刻现身的我，以及已经死去的我。她似乎完全没料到事情会这样展开，罕见地慌乱了。

“怎么可能？”

“还是一副完全不明白发生了什么的表情啊。真不符合你的敏锐。”

火村小姐不置可否，但连一句不服输的话都不说，确实证明了她没想明白。

“我照你的预料进行战斗、败北都是理所当然的，因为这里是你的世界。”

我不需要全盘托出，火村小姐单凭这句话就已经理解发生了什么。

“那么，刚才被我杀掉的是……”

火村小姐开始颤抖起来。

“是你的世界里的‘我’。”

那个“我”死去意味着什么，想必不需要向火村小姐详细说明，毕竟她比我清楚得多。

“火村小姐，你对我的理解有偏差。”

于是，我指责起其他事情。

“我一直在想你会不会还活着，并非有其他的根据，只是如此希望着而已。”

“我的确不知道，你还是这种浪漫主义者。”

“所以我也预料到了与你战斗的可能性。”

并且，我早已做好事情会演变成眼下局面的准备，这就是分出胜负的原因。

“我确实没有正式担任社长。我清楚自己尚有不足，所以每天都研究着未知的能力使用方法。”

“这就是成果吗……与从前的你相比，你更为出色了。明明在我心里，你一直是当时那个可爱的阿翼。”

“在那之后，我还读了不少漫画。所以火村小姐，对于你会犯这种出格的错误，我早已了然于心。”

“错误？你究竟指什么？”

“不和圆明流最终还是输给了陆奥圆明流。”

听见这句话的火村小姐明白了一切，夸张地笑了起来。

“哈哈哈。我可真是的，居然忘了那句名台词啊。”

那句名台词，是作为那部漫画的粉丝必然熟知的一句话。

“在陆奥圆明流的千年历史中，从未有过败北二字。”

作为证据，我们异口同声说了出来。

“我明明在挑战本家，刚才却用了这么不贴切的比喻，那自然会输。”

火村小姐双膝失力跪坐在地，仍继续笑着。当她抬起头看向我，眼里却噙满了泪水。

“你真能做出这么残酷的事！”

“的确啊。”

这句话从试图杀了我的人嘴里说出，我却能明白她的意思。

“从我这里夺走与你的记忆！你应该知道吧，对我来说，和你们共度的时光有怎样的意义……然而你却，你却……”

火村小姐开始落泪，但我不觉同情。

“铭记那些事的只有我们就足够了，这可是忘却社的社训。教给我这点的正是火村小姐本人。”

听了我的话，火村小姐释怀地笑了起来。

“你这个人究竟有多认真啊，真是超乎想象。”

笑着流泪的火村小姐或许仍在说着什么，但我不再理会她，离开了那里。

“永别了，火村小姐。即使你忘记了，你也仍是我重要的恩人。”

我并不在意这句话是否传达给了火村小姐。无论听见与否，她都不会再记起。

○

恢复意识后的阿翼，不再是刚才那个可怕的阿翼。

“怎么样？”

“我赢了，并且火村小姐不会再想起我。”

阿翼只是淡淡地陈述了既定事实，我却从话里感到了莫大的悲伤。

"'你'死了吗？"

"她心中的'我'死了，'忘却社事务所'也被摧毁了。她不会再出现在我眼前，应该也不会再滥用能力了。"

"可她还没恢复意识。"

"或许是舍不得离别吧。"

我没有问那是与谁的离别，因为毫无疑问是和阿翼。

"这次一系列的事情都是火村小姐做的吗？"

"不。"

明明已经是互相争斗的对手，阿翼却仍然相信她。

"那究竟是谁？"

"火村小姐的推测应该是正确答案吧。"

"有其他犯人吗？"

"还有另一个'我'。"

"有那种事？"

刚才他们交谈时，我就这么想了。对我来说，这个假说实在不可能。

"大小姐！"

一道呼唤我的声音，让我和阿翼对话就此中断。

是盾无小姐在喊我。她似乎隔很远就看见了我，朝我跑了过来。

“怎么了？”

我询问赶来的盾无小姐。因为她急忙跑了过来，可能发生了什么事情。

“不。我这边事情办完了，想着和您会合而已。”

“那倒是没问题。”

我们三人间弥漫着平静到异常的气氛，让我感到话题无法继续。

“这名女子是？”

看来盾无小姐也有相同感受，便找了其他话题。她似乎注意到了倒在一旁的火村小姐。

“是阿翼以前的朋友。就拜托盾无小姐照料她了。”

我刚才想在这里等火村小姐恢复意识，现在改变了想法，还是和阿翼快点儿离开更好。

“带她去医院就好吗？”

“嗯，拜托了。我和阿翼先回忘却社。”

“那我稍后赶去。”

等待盾无小姐回答时，我看向阿翼，他的脸上一副“你还要来吗”的表情。

“可以吧？”

于是，我姑且确认了一遍。尽管无论他回答与否，我的想法都不会改变。

“行吧。”

或许是我的心情传达到了，阿翼并没有坚定地拒绝。

○

“呼……”

阿翼看上去意外地精力充沛，可回到事务所后我才察觉并非如此。那可能就是所谓的对外态度。

“说实话，真累啊……”

他整个人倒在沙发上，一副立即会睡着的模样。

“阿翼，抱歉。”

看着那样的他，我自然而然地道了歉。

“嗯？”

“要不是我来找你说叶樱同学的情况，就不会变成这样了。”

“这样？”

“就是火村小姐。”

“我和那个人早晚要做了断，正好选在今天而已。”

一定正如阿翼所说，他和火村小姐迟早会有一天再会，然后事态像今天这样发展。他对此早有心理准备。即便早已准备好，我仍觉得他的心情是另一回事。

阿翼在逞强。正因为知道这点，我才会悔恨。等察觉到时，我已经哭了起来，觉得很悲伤。

“阿翼不悲伤吗？”

我根本不了解火村小姐，觉得她一定不是个很好的人，但她应该深受阿翼重视，就如阿翼在我心中的地位一般。

然而，阿翼从那个人心中抹去与自己有关的记忆，还故作平静，实在太悲伤了。

“必须要悲伤吗？”

“不是必须……但看着这样的阿翼，我太悲伤了。”

“是吗？那抱歉了。”

阿翼坐起来注视着我。

“我很悲伤。我喜欢的人已经忘记了我。”

说着，阿翼的脸上浮现出温柔的笑容。

“既然如此，你为什么要装出那种态度呢？”

“悲伤的只有我就足够了。”

这句话听起来不像是即时想到的，也许是阿翼作为忘却社的一员生活至今得到的结论。我无法接受，内心仍然乱成一团。

“为什么？为什么阿翼要独自背负这种悲伤呢？”

“说实话，我也不知道。”

令我意外的回答。

“可能只是我意气用事。我想再次见到重要的人，却不知道那个人是谁。因为不知道，我便无法判断是否该放弃，也许只是这样罢了。”

“那就是说，无论这份工作继续多久也无济于事？”

“这种事，我怎么可能知道？”

阿翼如此说着，露出了稍稍明朗的表情。

“我只是相信着，这份工作对于我而言是有意义的。”

“为什么会相信这种事？如果一直想不起来……阿翼只会一直痛苦！那种事……那种事太过分了。”

我以为阿翼应该会回答，会说即便如此也是心甘情愿做着的事，但他并没有这样说。

“直到前段时间，我还是这样想的。”

“咦？”

“后来，因为大小姐想起了我……”

“因为我想起了你？”

我听不明白他的意思，但悲伤仿佛从心里消失了。

“大小姐就是我的希望。大小姐世界里的我死去又复活，让我知道‘固有世界’里的死并不是绝对的。”

阿翼的话让我很开心，可我迅速想到了否定的话。

“那是……大概只是火村小姐做了什么……”

“即使如此，也代表着有某种方法能让消失的人复活吧。”

“这样啊……”

希望——阿翼如此形容我，而我从这句话里看到了希望，所以不再需要眼泪了。我慌忙擦去眼泪，硬挤出笑容。

“对不起，把你卷进这些奇怪的事情里。”

阿翼也一样，会因为看着对方逞强而心痛。

“我是自愿被卷进来的。假如觉得抗拒，我就不来事务所了。

而且这种时候不该道歉……”

我带着半分玩笑的心情，正要指出这点，却被阿翼抢先了一步。

“谢谢你啊，大小姐。”

“嗯，没错，感谢就对了。在平时也可以更多地感谢我哟。”

“我记下了。”

说完这句，阿翼再次倒下沙发，陷入了熟睡。

“这人到底怎么回事啊？说完自己想说的，就自顾自睡起觉吗……”

我嘴上抱怨着，但稍稍觉得慰藉，心还是跳得很快。突然表达感谢这种事是犯规的吧。

“即便如此……”

我重新审视了和阿翼的关系，我们再怎么也称不上恋人。

“如果我有个哥哥，会是这种感觉吗……”

如果有？我对自己的话产生了违和感。

“奇怪？我好像有过哥哥？不过……怎么回事，我想不起来……”

这种感觉很熟悉，难道是被忘却了？但是被谁？为什么？我尝试在记忆中寻找答案。

“大小姐。”

随即，我的耳旁响起盾无小姐的声音，打断了我的思绪。

“今天该回去了。”

盾无小姐注意到熟睡的阿翼，小声地对我说道。

“盾无小姐听说过我有一个哥哥吗？”

“没有，我从未听过这种话。要向老爷确认吗？”

“不用，没关系。好像只是我的错觉。”

倒不如说，为什么我会以为自己有个哥哥？我怀着这个疑问离开了忘却社，等回到家时，就连这件事也忘记了。

○

我站在大楼楼顶，不清楚自己为何而来。不过，我感觉不是第一次来这里。

这里应该是我喜欢的地方吧。我能感觉到这点，但不知道理由。

不知道，不知道，尽是不知道的事情。

“今天不剪头发吗？”

出现了一个陌生男子。他明明是少年的模样，眼睛细细的，却散发着奇怪的大人气息。

“你是谁？”

不管是向我搭话这件事，还是他话中的内容，都在表示他也许认识我。

“居然连我也忘了！火村小姐心中的……看来相当重要啊，让我有点嫉妒。”

“你说谁？”

他的话里好像提起了另一个人，可我没能听清。不对，该说是听见了却不认识吗？总之我没听懂。

“嗯。看来你病得比我想象中更重啊。”

男人捉弄般地笑着挥了挥手，应该是告别。

“现在的火村小姐不太能听懂我的话，下次再见吧。”

正如我想象的，他转身离开了。

“那家伙怎么回事？”

我再次孤身一人，按道理说是很寂寞的，但不知为何，我在这里并不会有那种感觉。

所以，我一定是喜欢这里的吧。我再次如此想到。

# 终章

## 女扮男装的公关无约而至

“大小姐，今天我先告辞了。”

这是工作结束时的寒暄。

“嗯。谢谢你，真森小姐。”

得到大小姐回应后，我离开了府邸。

我是盾无真森，我觉得自己很不可思议。

面对咲夜大小姐时，我心中确实是温暖的。可一旦稍稍分离，那些热度就会褪去，仿佛沉入虚无的大海之中。所以，我不需要什么私生活，只有在咲夜大小姐面前的我才是有意义的。

即便如此，我还是前往新宿，是因为感到压抑至今的怒气终于快浮上心间了。

说是新宿，但并非是歌舞伎町或二丁目那一带，而是区役所大道。明明已是深夜，不对，正因为是深夜，这里才人流量甚多。

这里距离新宿站不算近，夜里却聚集着很多年轻女子。当然不奇怪，因为这里有着众多男公关。路边有许多夜店招牌，贴着选举公示的海报。

“人气No.1……”

我在一块招牌前停下了脚步，那里印着某张我熟悉的脸。

这是新宿人气数一数二的店。在这里拿下No.1的男公关自称MARIN，是我的姐姐真林。姐姐，没错是姐姐。她女扮男装成公关，赢得了巨大人气。

姐姐确实胜过男人。她无论做什么都是最厉害的，学习也好特长也好，甚至连容貌也不输任何人，是我自豪的姐姐。

姐姐的武艺也是最强的，不输男人。那份强大没有局限于公开的格斗技界，她甚至收到地下格斗技界抛来的橄榄枝。在那里，强得出类拔萃的姐姐成为冠军，并接连获胜，最终迎来了与传说中的冠军的战斗。

传说中的冠军，据说因为他实在太强，能在四次攻击内彻底击败对方。但他压倒性的强大并不能取悦观众，当数次卫冕成功后，他被表彰为殿堂级人物，从此不再参与对战。

姐姐的强大唤来了与那个传说人物的对战。

新传说与旧传说的战斗，然而真正的传说并不是徒有虚名，姐姐第一次战败了。她被彻底击溃，从此身影从公开、地下格斗技界消失了。

当时我找到姐姐，她和今天一样在新宿女扮男装。那个不输任何人，总是威风凛凛的姐姐……

我为了追寻传说的冠军而潜入了地下的世界，但他没有留下任何踪影，也无人知晓他的去处。我唯一知道的是，那个传说被称为“彼方”。

即便如此，我还是追寻着他，却没有任何线索。终于，我陷入了绝望……倒在路边时，我被咲夜大小姐捡回了家。

那之后，大小姐就成了我的全部。她是我失去一切后所得到的，所以这理所当然。可正因为如此，我的内心才会如此纠结。

岬翼就是“彼方”本人，是夺去我曾经一切的敌人。但如今被我视作全部的大小姐竟把他当成了心灵支柱。

我保护大小姐远离所有敌人，这份心意没有半分虚假，但“彼方”暂且不提，岬翼真的是小姐的敌人吗？对小姐来说，他是不是我过去的敌人根本无所谓吧。那么，我应该继续守护下去，让他们变得更加亲近吗……

“哎呀，那边的小姑娘，你很有男子气概嘛。”

打断我思考的是一个看上去非常轻浮的男人。他的长相往好了说就像绫野刚，往坏了说就是低配版的绫野刚。他倒竖着金色头发，穿着灰色西装，让人想起以新宿为舞台的那部电影里的绫野刚。**（注：绫野刚，日本知名演员、模特，曾出演多部电视剧、电影。这里提到的电影为《新宿天鹅》。）**

“你喜欢男公关吗？”

“并不。”

我说的是实话，他却误以为我嘴硬，笑了起来。

“啊，抱歉，抱歉。我并不是在拉客。”

这位低配版绫野刚从胸前的口袋里掏出名片，上面印着熟悉的店名、星探的职衔，以及朝野豪这个名字。

他是姐姐所属那家店的星探，可这个名字配上这种造型，毫无疑问是对电影里的绫野刚的丑陋恶搞。**（注：朝野豪与绫野刚的日文发音近似。）**

“不必了。”

我没有收下名片，直接表示拒绝。

“别那样说，至少收下名片嘛。”

他把名片推到了我眼前。

“现在，我的心情很不好。”

别说名片了，光是向我搭话就已经让我很不悦。为什么这个男人丝毫体会不到？

“别说那种话，听我说嘛。好吗？好吗？”

我想离开却被挡住了去路，真是碍事的家伙。

“请让开。”

“不，我不是冒牌货，而是真正的男公关星探啊。”

我没问这种事，也不想找什么真正的星探。

“这个人！这个人！”

我正打算避开那个男人往其他方向走，他又指着他所属那家店的招牌对我介绍道：

“你看这个人，是我们店里的No.1，实际上是女子哟。”

然后，他向我介绍了我熟悉得不能再熟悉的人。

“我知道。”

“啊！小姐姐，你是她的粉丝吗？难怪觉得你们有点相似，原来是粉丝模仿啊。”

真是让人不悦的男人。

“住口。”

我感觉愤怒正从虚无的海里涌上来。

“什么？”

“你闭嘴！”

“等等……”

这男人似乎不懂沉默，所以我将手掌按在了他的脸上。

“唔？”

从他的嘴里漏出了不成话的愚蠢呼气声。他的声音和其本身实在让我太恼火了。

啪！像触电一般，男人不动了。我并没有杀掉他，只是破坏了他的记忆。如果不是我手下留情，就无法预计会破坏到什么程度了。通过男人倒在我手臂上的重量，暂且可以得知他只是休克后陷入昏迷了。他的腿没有任何力量，若是我不支撑着，他立刻会倒在地上。

“不爽。”

我缓缓将那个男人靠着招牌放下，离开了那里。

“一点儿都不畅快。”

摧毁男人的那份能力不该像这样肆意使用。即便如此，我也不后悔。反正旁人不会看懂发生了什么，那个男人也不可能回想起这件事。

这是能摧毁人类的力量，并且肯定和摧毁姐姐的力量相同。

“要杀了他吗？”

想到摧毁了姐姐的男人，名为杀意的愤怒就涌上我的心头。

是偶然吗？连双腿也在不知不觉间推动着我，朝岬翼的秘密事务所走近。

“能杀掉吗？”

我不可能赢过传说中的冠军，但换作如今的他，说不定我能行。

“不行。”

与其说或许有胜算，倒不如说我更有希望取胜。可问题不在这里，我想象到了大小姐悲伤的样子。即使能赢也没有意义，因为我是为了保护大小姐而活的。

“我究竟在想什么啊？”

察觉到这点后，杀意变回愤怒，愤怒渐渐沉入了虚无之海。

我反复暗示自己，我不过是大小姐的盾牌与剑罢了。

愤怒沉入了虚无之海，一点点地，更深、更深。

即便如此，我依然感觉杀意没有消失，但也只能将它封存于愤怒。

只要小姐还在意着他，我现在就无法采取任何行动，我这样对自己说道。即便如此——

“总有一天会杀了他。”

诅咒一般的话刚说出口，就消失在空气之中。

○

“彼方！真林小姐来了哟！”

一大清早，聒噪的人就来了。

“彼方！真林小姐来了哟！”

“知道了，知道了。”

不必看真林小姐的脸，我就知道她又喝醉了。我去厨房用杯子接好水，径直送到躺倒在沙发上的真林小姐跟前。

“哦，你在啊。那为什么不马上过来？”

刚看见我就说出这种话。她以为我不在便那样大喊，算是扰邻了，尽管我并没有邻居。

“我有我的情况，也要做准备啊。”

我扶起真林小姐的上半身让她坐稳，将杯子递给她。

“哇啊啊，是水。真机灵啊，彼方。”

“再怎么样，我也知道该怎么做。”

“哈哈哈哈哈。一直承蒙你照顾了。”

我不理解有什么好笑的，但真林小姐仍继续笑着。她彻底喝醉了，或许还需要一杯水。

“我已经说了好多遍，这里不是你的游乐园。饶了我吧。”

“居然说这种话，都怪你不租自己的房子。”

“我应该被责备吗？”

“都说了我帮你付钱啊。你大概不知道，我可是有钱人哟。”

“我很清楚。但那是你自己挣的钱，要更珍惜一点。那是为了某天实现梦想用的钱，对吧？”

“对，对，没错。我有梦想。”

“我听你说过了。”

“什么啊？多听我说几遍也没关系吧？”

“在你喝醉的时候，我已经听过好多遍了。”

“那也许是我想告诉你想得不得了的话题吧。啊哈哈哈。”

真林小姐又继续笑个不停，于是我先回到厨房倒水。

“说起来，你今天醉得比平时更厉害了。”

喝完第二杯水的真林小姐稍稍安静下来，似乎恢复到了能听懂我说话的程度。

“昨晚，店里发生了一些骚乱呢。”

“是强盗闯进去了吗？”

“你可真是的，净想些危险的事。不过啊，糟糕程度倒是不相上下。”

“真的假的？”

“我们店的星探倒在了店招牌前。”

“死了吗？”

“没有……但被毁坏了。”

心被毁坏了。我与真林小姐之间只说“毁坏”一词，就能明白其中含义。

“彼方，不会是你干的吧？我倒是觉得不太可能啦。”

“怎么可能。”

“除你之外，究竟还有谁能做出那种事？”

“最近，我的冒牌货出现得很频繁啊。”

我这么回答着，再次确认这一连串的骚动不是火村小姐所为。如果是她做的，那现在事件仍继续发生就太奇怪了。

“难道是火村小姐？”

真林小姐似乎猜到我在想什么，如此说道。

“那才是不可能的。”

“也是呢。即使她还活着，也没理由盯上我们店的星探。她对我应该丝毫不感兴趣。”

“究竟会是谁呢？”

我的冒牌货的目标越来越令人难以理解。不良少年们倒是与我有关，但真林小姐店里的星探应该与我无关。冒牌货袭击与我无关的人，这究竟是怎么回事？

“算了，再怎么想也没头绪。”

真林小姐迅速放弃她抛过来的话题，我也转向了别的话题。

“说起来，真林小姐有妹妹吗？”

“好像有，又好像没有。”

难道酒还没醒吗？真林小姐又开始说些莫名其妙的话。

“这是什么意思？是要么有，要么没有吧？”

“该怎么说呢？我现在的工作败露给父母了，目前和家人断绝了关系。”

“原来如此。那还是有妹妹的。”

“也是啊。那孩子应该很轻蔑我吧。”

“真是不太平。”

对真林小姐来说，妹妹的话题似乎是禁忌。

“不过比起现在的工作，我觉得上一份工作更不妙。”

“确实啊。但那种事轮不到你说。”

真林小姐的上一份工作是在地下格斗界里做的。闲到发慌的有钱人们进行豪赌，她就在这种赌局里命悬一线地战斗。

我与那个世界也有着无法撇清的关系，或者说比真林小姐牵扯更深。因此，她的指责理所当然。

“您说得对。”

“上一份工作只是没被家人发现而已。不过啊，那份工作可能真没大问题，再怎么说我也是冠军。”

“我倒是不觉得女扮男装的公关有那么过分。”

“他们很古板啦。古板到令人绝望。”

真林小姐笑着，但这件事果然也不该提起。真正的痛苦是无法隐藏的。

“我好像挑起了不妙的话题。”

因此，我打算一笑而过。

“啊，确实。”

她朝我露出严肃的表情。

“的确是啊。”

“彼方，如果你觉得抱歉，那你肯定会听我的请求吧？”

“这要看是什么内容。”

每当真林小姐这样缠上来时，她处于怎样的状态，我再清楚不过了。

“帮我消解一下欲望……啊，这种事别让我说出来。”

“可以的话，希望你别说出口，然后回家。”

“我就是为了这个才来的啊！你从一开始就知道吧？”

不过，要问我知不知道，那确实知道。但我想装傻溜走也是事实。

“这种话，男装公关不该说出口吧？”

于是，我稍稍转移了话题。

“女扮男装是我的爱好。可我之前说过，自己喜欢的还是男人。”

接着，真林小姐像是在说“这就证明给你看”一般脱起了衣服。她这种行为不是第一次了，我并不觉得惊讶。她每次积攒了压力，就会像这样解放自己。

“可以允许你随心所欲地碰我哟。”

“不必了。”

直到目前为止，流程都和以往无甚区别。

“彼方，我啊，虽然喜欢隐藏自己的女性身份，但偶尔会想这样解放一下呢。”

“我知道。”

“也是啊。毕竟我已经说过好多遍了。”

果然和以往一样。

“我也说过很多遍，作为忘却社的社长代理，我不能在事务所里做糟糕的事。”

我有我的立场，不能照真林小姐所说的那样随心所欲。

“我们去走廊吧？不对，屋顶比较好，应该更有开放感。”

真林小姐微微一笑，注视着我。

“我从以前就觉得，真林小姐真是个恶人。”

“经常有人这样说。但你并不会说……讨厌恶人吧？”

○

清晨，这一带安静得出乎意料。

新宿在过去曾被称为无眠之街，现在的清晨到中午时段与夜晚相比，简直可以说是无人之境。

“来太早了吗……”

忘却社的事务所也一样，似乎没人在。

“早上好。”

我继续往里面走，只看见了小弥理。

“早上好，小弥理。彼方去哪里了？”

“不知道。”

“这样啊。”

我猜测他应该是去另外那间侦探事务所了，去做本职工作。毕竟他是一个有需要时就会奇妙地出现的人。

“说起来，那间侦探事务所在哪里？”

我不打算干涉彼方的私事，只是有些在意。

“下次问问看吧。”

应该不至于会被讨厌。我这样想着，决定离开忘却社。

不知为何，我觉得今天守在这里也没有意义。

“嗯？”

我走近楼梯，发现通往楼顶的门被打开了，以往昏暗的地方有光照了进来。

“是自己敞开的吗……”

虽然没有人会因此困扰，但我决定关上它以防万一。回想起来，的确没有人会因此困扰，早知道我就放着不管了。

“啊，很好，彼方……”

我还没完全爬上楼梯，就听到那边传来了激烈的喘息声，还听到了在意的名字。

“这个声音……”

即使很在意，我也不该继续往前走了。我很明白这点。

从通往屋顶那扇门的缝隙里，我看见了彼方，他被一个女人紧紧抱着。

我的大脑立刻一片空白。随后，我依然能听见声音，却不再能分辨内容了。

“不错的工作表现啊……”

“我并不希望得到夸奖。”

彼方，听到这个名字后我立刻清醒，回到了现实。接着，我不由自主地朝后退，差点摔下台阶。

“啊……呼……呼呼。”

我调整姿势站稳时不禁发出了声音，于是彼方他们注意到了我。

我看见名叫真林的女子朝我这边走来。

“被未成年女孩看见糟糕的画面了啊。”

发现我后，真林小姐脸上浮起苦笑，看向了彼方。

“咲夜。”

随后，彼方追上真林小姐，才终于察觉到是我。

“声音稍微大了点，因此被偷窥了哟，彼方。”

“这不是该笑的事情，真林小姐。”

“不，哎呀，发展成这样也只有笑了吧。”

真林小姐笑着，再次看向了我。

“啊，我和彼方并不是恋人。如果你在担心那种事，就太杞人忧天了。”

隔这么近看，她真是个美丽的人啊，无论是脸还是身体。明明我才目睹那种场景，却觉得她整个人都很美丽。

“说起来，这个女孩是谁？你要养小雏鸟，我倒是不反对，但她会不会太年轻了？”

因为我毫无回应，真林小姐便望向彼方询问道。

“我曾是委托人，得到了彼方的帮助。”

然而做出回答的是我。

“那真是奇怪呢。”

看来，真林小姐知道各种各样的情报，知道忘却社做着怎样的工作。不仅如此，她似乎和彼方相识已久。

“彼方，这个人是谁？”

所以我决定问问彼方。

“她啊，是真林小姐……是在附近工作的男装公关。”

他的回答令我感觉实在是拙劣的谎言。

“算是人气很高的有名人……”

彼方似乎还说了什么，可我仍然无法理解。我只明白了一件事，那就是知道彼方是彼方这件事的人，完全不止我一个——仅此而已。

# 后记

这本书是我首次出现在FANTASIA文库的作品！

初次见面，我是新井辉。

我当作家已经二十多年，在富士见书房曾出版过二十多本书，在*DRAGON MAGAZINE*上也刊载过短篇小说，却不可思议地一直错过时机，从未在FANTASIA文库出过任何书。

啊，确实会有这种事呢。

担任插画的是安田铃人老师，我在老师出道前就认识老师了，至今却未曾有过一次正式合作。我们彼此在工作上都相当活跃，明明与对方距离很近，但几乎没有交集。我曾以为今后也会一直这样吧，没想到居然迎来了这次机会。

人的缘分真是不可思议。

啊，不过一直说这种话也没意义呢。

《忘却的彼方 侦探于忘却之时来临》，您读得开心吗？

原本说来，这部作品是在KADOKAWA旗下一个名叫KAKUYOMU的小说投稿网站上连载。从网络连载开始，这种形式在我漫长的作家生涯中是第一次，因此我不太清楚状况，迷茫了很久。

其中最为迷茫、不知如何处理的，即是直到网络连载开始都毫不知情这一点。如果是实体书，大约能提前两个月得知将出版，而这次直到连载前一天，连标题都未能发表，只能预告“即将做一件事情”，真是令我坐立不安啊。这是我的作家生涯的初次经验，有其独特的乐趣。

目前网上公开的只有这本书里刊载的前四章（终章为本书限定章节），第五章及之后的内容也预定逐次公开。想尽快阅读的读者，请务必在KAKUYOMU内进行搜索。

因为是官方连载，虽然立刻完结有些困难，但诸位读者若有意见，还请尽管提。实际上，因为有读者提出期待看见更多胡蝶小姐的活跃，我便将她的出场提前了。

连载开始时，我曾在以前就承蒙关照的SOKO☆ANI广播节目中登场，聊起过与本作相关的话题。

现在仍然能收听过去的节目，所以在意内容的读者请务必在SOKOANI网站进行搜索。

我说到了非常深入的部分。例如这一本，实际上是以写第二部的感觉去写的。

这次也承蒙了各种各样的关照，这本书才得以顺利发售。

我很想感谢所有相关人员，但暂且只能提到一部分。

责编A马先生。不必说，单凭我一人无法完成这本书，您在各方面做出的努力，实在让我感激不已。尤其是明明没有任何关联，您还特地阅读了我过去的作品，这让我非常开心。

为我描绘了插画的安田铃人老师。要是早点知道老师会为我画插图，一开始就该把女主角设定成眼镜少女……我这样想，结果主角居然恰巧被设计成戴眼镜的模样，让我直呼“不愧是您”。今后也请多多关照。

此外还有为我写下书评的林直孝先生。您还为我将以前的作品制作成DRAMA CD，百忙之中，非常感谢。

最重要的是阅读了这本书的读者们，真是非常感谢，今后也要拜托你们的支持。

二〇一八年五月 新井辉

PS:今年四月会再次由富士见书房出版名叫《土地神的遗忘物》的作品。这本书隶属于富士见L文库这一轻文艺品牌。

内容上，是被世间遗忘的作家与土地神之间所遗忘的约定。

短短一集，我想能很快阅读完，若有兴趣请务必支持。

**图书在版编目（CIP）数据**

忘却的彼方：侦探于忘却之时来临 /（日）新井辉著；（日）安田铃人绘；千早译. -- 沈阳：万卷出版公司, 2020.6

ISBN 978-7-5470-5354-6

Ⅰ.①忘… Ⅱ.①新… ②安… ③千… Ⅲ.①侦探小说—日本—现代 Ⅳ.①I313.45

中国版本图书馆CIP数据核字（2020）第068020号

原著名：《忘却のカナタ 探偵は忘れた頃にやってくる》，著者：新井 輝，绘者：ヤスダ スズヒト

BOUKYAKU NO KANATA TANTEI WA WASURETA KORO NI YATTEKURU



---

本书为引进版图书，为最大限度保留原作特色、尊重原作者写作习惯，故本书酌情保留了部分外来词汇。特此说明。

# 忘却的彼方 侦探于忘却之时来临

**出 品 人：** 刘一秀
**出版发行：** 北方联合出版传媒（集团）股份有限公司
万卷出版公司
（地址：沈阳市和平区十一纬路25号 邮编：110003）
**印 刷 者：** 中华商务联合印刷（广东）有限公司
**经 销 者：** 全国新华书店
**幅面尺寸：** 127mm×188mm
**字　　数：** 130千字
**印　　张：** 7
**出版时间：** 2020年6月第1版
**印刷时间：** 2020年6月第1次印刷
**责任编辑：** 赵新楠
**特约编辑：** 吴乔煦
**责任校对：** 张希茹
**装帧设计：** 杨 玮
**书　　号：** 978-7-5470-5354-6
**定　　价：** 45.00元

---